ET Scrittori
1393

Frammento del papiro di Artemidoro.
Torino, Fondazione per l'Arte della Compagnia di San Paolo.

Ernesto Ferrero

La misteriosa storia del papiro di Artemidoro

Einaudi

Dello stesso autore nel catalogo Einaudi

L'anno dell'Indiano
Barbablú
N.

Questo volume è uscito in prima edizione nel febbraio 2006 come allegato del quotidiano «La Stampa», su licenza della Fondazione per l'Arte della Compagnia di San Paolo, Torino.

www.einaudi.it

ISBN 88-06-18368-0

La misteriosa storia del papiro di Artemidoro

Parte prima
Memorie di Artemidoro

(Alessandria, 80 a.C.)

> I confini dell'anima, per quanto tu vada, non li potrai trovare, nemmeno se tu dovessi percorrere ogni sentiero, tanto profonda è la sua misura.
>
> ERACLITO.

Ho sognato Efeso, l'altra notte. Ero sulla Via Sacra, in pieno giorno, e non vedevo passanti. Deserti erano l'agorà, il Ginnasio, le terme. Non vedevo fedeli scendere e salire i gradini che portano all'immenso tempio dedicato ad Artemide, una delle meraviglie del mondo, né venditori ambulanti vendere acqua e fichi ai pellegrini. Dagli altri luoghi di culto non si alzavano i fumi dei sacrifici. La gran cavea vuota del Teatro, dove avevo imparato a contare salendo e scendendo i sessantasei ordini dei suoi gradini, sembrava una bocca sdentata.

Tesi l'orecchio per cogliere il brusio che sale a ogni ora del giorno dalla città. Mi salirono alle labbra i versi che Omero dedica alle colline della mia città:

> Come quando fitte schiere di uccelli
> oche, gru o cigni dai lunghi colli sui prati dell'Asia
> presso le rive del Caistro volano qua e là in festa
> con gran battito d'ali, poi stridendo si posano
> e la prateria è tutta un ronzio…

Al posto del trepestio umano e animale che ben conoscevo era accampato un silenzio di sonno e di morte. Nemmeno dal porto arrivavano i richiami che accompagnano il carico e lo scarico delle merci, le chiacchiere degli sfaccendati, le cantilene dei mendicanti. Non c'erano gatti randagi sulle banchine abbandonate.

Le fontane non buttavano acqua.

Era come se la città fosse stata appena terminata dal suo costruttore, e attendesse i futuri abitanti. Stava avvolta in una luce di metallo. Mi sono affrettato verso casa, con il cuore che batteva sempre piú forte. Sono uscito dalle mura, anch'esse incustodite, mi sono affrettato per la campagna, orba persino del coro assordante delle cicale. Sono entrato nella masseria, ho chiamato a gran voce mio padre, i pastori, i suoi schiavi prediletti. Non mi ha risposto nessuno. Non c'erano animali, nelle stalle o nei campi. La catena dei cani pendeva inerte dagli anelli.

Dalla porta è uscita lentamente mia madre, avvolta negli scialle color del cielo che faceva venire dall'Oriente. Mi guardava sorridendo. Quando l'ho raggiunta mi ha preso la testa, se l'è posata sul petto, l'ha accarezzata come faceva nelle notti di febbre.

– Non cercare nessuno, non chiamarli – ha detto piano. – Sono partiti.

– Partiti per dove? – ho mugolato nelle lacrime che prendevano a inondarmi gli occhi.

Mia madre ha fatto un cenno generico, ha allargato un braccio come a comprendere tutto il paesaggio circostante, che mi era cosí caro e che avevo sognato tante altre volte con nostalgia. Sembrava volesse dire che erano svaporati per l'aria, come un fiato d'umidità che non dura piú d'un attimo nel clima secco delle nostre terre. Ha detto ancora:

– Stanno bene cosí. Sono diventate presenze benefiche. Non le senti?

Allora ho gridato, a lungo, e mi sono svegliato. Accanto al volto sentivo vicinissimo il calore della lucerna che reggeva il piú giovane e il piú caro dei miei schiavi, Stazio. L'ho chiamato cosí, al modo dei Romani, perché è davvero uno che sta con la solidità della pietra. Da sotto il caschetto dei ricci neri, gli occhi dolci e rotondi mi guardavano con ansia amorosa. Mi detergeva la fronte in sudore con un panno.

– Non è nulla, padrone, avete fatto soltanto un sogno molto lungo e molto brutto.

Avevo il cuore ancora in tumulto. Ho cercato di tirare il fiato:

– Dove siamo?

– A casa vostra, padrone.

– A Efeso?

– Ad Alessandria, padrone. Nella vostra bella casa di Alessandria. Non sentite il profumo che tanto amate?

Era saggio, Stazio. Sapeva che nessuna sensazione possiede il potere evocativo, vorrei dire la verità degli odori. Molte sono le cose che ci ingannano. La trama delle parole resta imprecisa anche quando mettiamo il nostro migliore impegno nell'esprimerci con esattezza. Gli occhi vedono quello che non c'è, e non vedono quello che non vogliono vedere. Se chiudiamo gli occhi, non sempre le nostre mani sanno riconoscere la superficie degli oggetti che toccano. Nei giochi che facevamo da bambini con i miei fratelli, la pelliccia d'un gatto accarezzata a occhi chiusi poteva diventare il mantello d'un mostro mitologico, e destare grida di repulsione e orrore.

Gli odori sono per sempre. Riconoscerei tra mille l'odore di mia madre, che sapeva di mandorle, rosmarino e incenso; l'odore d'Alessandria, misto di spezie, gelsomini e rose e fico, l'aroma acidulo della birra d'orzo, l'afrore pungente del pesce, la patina del sale e il sentore acuto del fango secco che arriva dalla campagna.

– Siamo a casa, sí – ho sussurrato. – Ma ho perso Efeso. Ho perso gli Efesini.

– Quelli li avete persi da molti anni – ha sorriso dolcemente Stazio. Sembrava conoscere la mia vita meglio di quanto potessi fare io. Ci sono momenti in cui la sensibilità di questo ragazzo mi commuove profondamente. Non ho avuto figli, nella mia vita errabonda, o forse qualcuno l'ho lasciato dietro di me a mia insaputa, come la scia che si apre a poppa della nave e subito si richiude. Tuttavia sono stato generosamente risarcito, anche se ignoro a chi debbo gratitudine.

Ho detto al ragazzo che presto non mi sarebbe rimasta altra abitazione che la sua memoria e il suo cuore, e che la nuova casa mi conveniva perfettamente. Questa idea dà dolcezza perfino alla prospettiva del congedo. So che non ci sarà tristezza nell'addio, che il commiato sarà sereno.

Cerco di spiegare a me stesso il significato del sogno. Forse Efeso ha voluto punirmi, trasmettendomi dolore e angoscia, perché l'ho abbandonata, perché ho scelto altri cieli e altri mari, perché da troppi anni non sono piú tornato e adesso è tardi per tentare un *nostos*, come Odisseo. Eppure ho amato profondamente Efeso la bianca, l'altera, la dotta, la grassa, la capitale romana della provincia d'Asia. Sono orgoglioso di lei, che riunisce la profondità del pensiero greco, la concretezza del pragmatismo romano, la fastosa sensualità orientale. Che sa ospitare con eguale generosità retori e commercianti, filosofi e marinai, strateghi e attori drammatici, scultori e musici. La città in cui si incrociano come in un fiume di miele le lingue e i dialetti del Mare Interno, e le misteriose favelle d'Oriente, che sembrano frammenti di lapilli eruttati da un vulcano di notte.

Efeso la terragna, cinta da colline petrose, ma affacciata sul mare, oltre lo stretto budello del suo porto mirabilmente incuneato nelle rocce come un utero in un grembo di donna. Quel mare che lampeggia oltre il grigio della pietra, ed è insieme blu, indaco e violetto, un colore che sembra inventato da un fabbricante di colori nel suo pestello, dopo avervi frantumato pietre giunte da remoti altipiani.

Terragno era anche mio padre, il ricco proprietario che si sentiva radicato nei suoi poderi come il piú nodoso degli ulivi, e che alla compagnia degli uomini preferiva quella delle greggi, accudite con ruvido affetto.

Era un uomo possente, dai fluenti capelli ricci e dalle bianche zanne d'animale selvatico. Liberava i sentimenti in risate torrenziali che lo squassavano tutto. Egli riteneva che il modo migliore che un uomo ha di realizzarsi consiste nello stare con i piedi ben piantati nella terra dei padri. Quello che accadeva al di là del mare e delle colline sembrava non riguardarlo. Se ne occupava con fastidio solo in caso di guerre. Era tuttavia certo che agli invasori sarebbe stata di sufficiente monito la rovinosa sconfitta che i Galati hanno ricevuto in questi territori. C'è un'intera serie di splendidi rilievi dell'ara di Pergamo a testimoniare della loro tracotanza punita. I nostri valentissimi scultori hanno fatto dei Galati l'immagine stessa della sconfitta e della morte.

Quando affermava rumorosamente il suo amore per la terra, asserendo che il mondo sarebbe stato in pace se ognuno si fosse occupato dei suoi armenti senza andare a cimentare i vicini, mia madre lo guardava con un sorriso indefinibile attraverso le ciglia socchiuse, che davano nuove ombre agli occhi color della viola. Su di lei circolavano piccole leggende mai esplicitate per intero, né io ho mai osato fare domande. Alcuni schiavi sussurravano che era una principessa d'Oriente, figlia d'un signore padrone di città ed eserciti negli altipiani abitati dai Parti, qui giunta con un corteo di quaranta cammelli. Le attribuivano capacità divinatorie e segretamente la temevano, anche se lei li trattava con una dolcezza che non escludeva la fermezza e perfino la severità. Non parlava con alcuno, eppure di quando in quando mercanti sempre diversi, ma barbuti e intabarrati allo stesso modo, le recapitavano profumi dolcissimi e sete che scintillavano al sole come pietre preziose.

Altri piú malevoli la dicevano schiava, giunta a Efeso con un carico di prede belliche. Tuttavia il possidente vociferante che era mio padre rimase soggiogato dal mistero di lei, dall'altera distanza del suo fare. Ne restò intimidito per tutta la vita, quasi le riconoscesse un potere semidivino. Piú d'una volta ho sentito chiederle con amorevole scherzo se ella fosse per caso la medesima dea Artemide, di cui mi è stato imposto il nome.

«Dono di Artemide». Il gran cacciatore non poteva chiamarmi altrimenti, anche senza conoscere il detto di Platone, secondo il quale la caccia è auspicabile in quanto dà ai giovani una conoscenza minuta del territorio, «una forma di conoscenza inferiore a nessuna». Da buon efesino intendeva consacrarmi alla regina delle montagne ombrose e dei boschi, dove ama cacciare, attorniata da cani e da ninfe, o accompagnata da leopardi e leoni. La dispensatrice di rugiada, la dea delle messi, la divinità matronale che presiede ai riti della fecondazione. Le promesse spose le dedicano ciocche di capelli, gioielli, giocattoli, tuniche verginali, chitoni; la dea le accompagna nella vita coniugale e nell'ora perigliosa del parto.

I pellegrini si fermano in preda a reverenza e segreto spavento quando giungono di fronte alla statua che la raffigura con molte mammelle, appese al suo petto come frutti maturi, che promettono abbondanza di latte. Si dice che l'idolo sia piovuto dal cielo, e questo aggiunge forza al suo potere. Altri dicono che il culto di Artemide è stato introdotto qui dalle Amazzoni; altri ancora che sia giunto dall'Oriente. Mia madre, interrogata in proposito, assentiva in silenzio. I riti che Efeso le dedica sono i piú splendidi della Ionia, ma essa è venerata in Persia come a Siracusa e a Roma, in Iberia e sulle coste dei Celti.

Dei molti volti di Artemide, preferisco quello legato alla luna, alla sua natura luminosa, di cui parla Omero: aurei sono il suo trono e la sua conocchia, le briglie con le quali guida il carro celeste. Amo la dea bellissima e solitaria che schiva la compagnia degli altri e ogni legame amoroso, la pura per eccellenza, che scultori sapienti rappresentano nello slancio leggero della corsa, con il chitone o le vesti appena agitate dal vento. Da ragazzo, sognavo di spiarla nuda al bagno, come Atteone, pronto a pagare quella visione con il castigo d'essere divorato dai suoi cani. Nei miei sogni, i piaceri proibiti della contemplazione e i morsi dei cani diventavano una cosa sola.

Viaggiando, ero solito pensarla in una delle sue molte incarnazioni, come dea delle navigazioni; ma non dimenticavo il suo aspetto silvestre, che mi restituiva qualcosa della mia casa e della mia città nelle onde piú malevole del Mare Interno; come protettrice dei marinai non mi ha tradito. Delle molte acque cattive che ho incontrato, nessuna è stata cosí perfida da spegnermi.

Ora so che l'ultima onda arriverà lentamente, come le piene del Nilo, e mi sommergerà senza fretta, come una nutrice che accudisce l'infante al bagno.

Le storie per il sonno che mia madre raccontava a me bambino non erano dette in greco, che ha sempre parlato male, ma in un linguaggio che non intendevo. Tuttavia, attraverso la musicalità dei suoni liquidi e colorati le seguivo incantato come se potessi comprenderle. Diventavano canto. Quando le chiedevo di cantare lei non cambiava tonalità o modulazione, ma continuava la sua melodia con il medesimo indecifrabile sorriso sulle labbra scure.

Fin che lei cantava, non potevo cedere al sonno. Le cercavo il volto nell'oscurità, le mie mani risalivano alla sua gola fino a cogliere nel collo le vibrazioni che producevano i suoni incantati. Talvolta mio padre la richiamava con grida imperiose, perché la notte era avanzata. Solo allora lei prendeva congedo a malincuore, e a lungo tracciava segni magici sulle mie palpebre, sulla fronte, sulla bocca e sul cuore. Aveva mani diafane come la cera, certo non mani di schiava. Il suo canto echeggiava in me tutta la notte, anche nei territori del sonno. Lo sento tuttora, e assomiglia ai mugolii che il vento fa nelle palme di Alessandria, e tra i canneti del Nilo.

Se mio padre rappresenta la terra, e mia madre il vento che accompagna le carovane negli altipiani d'Asia, il mio elemento è l'acqua. Forse per opposizione alla stanzialità di mio padre, ancora prima di assumere la bianca toga virile sognavo viaggi e spedizioni per mare. Una sera mio padre volle festeggiare con gli amici e gli schiavi una qualche ricorrenza o festa religiosa. Sotto un frondoso carrubo fece arrostire capretti e distribuire vino. Le fiamme si alzavano crepitando, diffondendo un buon odore di carni arrostite e piante aromatiche.

Padroni e servi, accovacciati sullo stesso duro terreno, si raccontavano storie, discutevano come sempre di raccolti, gravidanze di animali, presagi. Flautisti giunti da Pergamo intonarono musiche dal potere ipnotico. Si levarono canti, che da religiosi che erano all'inizio divennero presto tranquillamente osceni.

Con mia madre, mi tenevo un poco discosto. Come lei, non ho mai amato gli assembramenti in cui l'allegria diventa un dovere, l'obbligo di essere ad ogni costo buoni compagni. Peggio poi se, da una sguaiataggine all'altra, crescendo l'eccitazione e abbassandosi con essa il senso del decoro, si finisce per scagliarsi addosso ossa d'animale non ancora spolpate, o ci si rotola avvinghiati nella lotta. Gli scherzi grossolani finivano sempre allo stesso modo e a farne le spese erano le schiave.

Quella notte ho potuto prefigurare la mia vita futura di possidente terriero e proprietario di mandrie, il cui principale piacere resta concedere a se stesso e ai suoi sodali qualche rozzo festino. Ho visto con nettezza un destino già tracciato tra campi da far fruttare, animali da crescere e schiavi da amministrare. Non mi bastava. In un istante ne colsi la ripetitività, la prevedibilità e la noia. Cercai mia madre con lo sguardo, non ci fu bisogno di parole. Mi cinse le spalle con la stretta delle braccia leggere. Volse gli occhi verso il mare non lontano e alzò il mento, come a dire: vai, se la tua strada è quella.

Non so quali parole abbia usato con mio padre per convincerlo a lasciarmi andare. C'erano notti che sentivo trapelare dalle pareti della masseria i suoi ruggiti di furore e di sdegno. Che un figlio non seguisse le medesime orme, tracciate di generazione in generazione, gli sembrava inconcepibile, un segno della fine ormai prossima dei tempi. Che poi addirittura si affidasse a quell'elemento infido e capriccioso che è il mare, tomba di tanti onesti marinai di Efeso, aggiungeva alla bestemmia un ulteriore tocco d'empietà e follia.

Questo tuttavia accadde quando ebbi terminato i miei studi. Maestri privati mi insegnarono ginnastica, lingua, musica e danza, perché un brillante aspetto fisico è viatico di salda moralità, e la musica porta armonia. A diciott'anni sono entrato al Ginnasio, dove ho trovato buoni maestri e compagni di carattere aperto. Oltre alla letteratura ho approfondito la matematica, l'astronomia e la medicina, ma ho anche imparato a combattere da oplita, a tirare con l'arco e il giavellotto e a manovrare la catapulta. Il servizio militare è durato un anno, ed è gradevole solo nel ricordo.

Con tutto l'amor di patria, non vedevo l'ora di tornare ai miei papiri. Anelavo l'apprendimento come la zolla riarsa attende l'acqua. Accolsi con gioia la cerimonia del giuramento degli efebi, che concludeva il ciclo della nostra formazione. Ripetei con i compagni la formula che avevamo imparato a memoria. Giurai di non disonorare le armi sacre e non abbandonare il compagno d'arme, di difendere le sacre tradizioni patrie e consegnare ai miei figli la patria non diminuita, ma piú grande e potente, per quanto era possibile con le mie forze e con l'aiuto di tutti. Avrei obbedito a chi governa saggiamente e alle leggi, a quelle stabilite e a quelle che verranno stabilite nel futuro; qualora qualcuno avesse voluto rovesciarle, non l'avrei permesso con tutte le mie forze, e con l'aiuto di tutti. Avrei onorato i sacri culti della patria. Chiamai a testimone Artemide, gli altri dèi venerati in città, i cippi di confine della patria, le messi, l'orzo, le viti, gli ulivi, i fichi.

Nel recinto riservato ai parenti, mio padre sorrideva beato.

Era giusto che la dotta Efeso pullulasse di retori, filosofi e grammatici, attratti dalle buone paghe e dal clima favorevole alle speculazioni intellettuali. Bevevo le antiche storie, mi esaltavo alla lettura del gran poema omerico, ma erano le scienze esatte ad affascinarmi piú d'ogni altra: l'idea che il mondo potesse essere misurato, tradotto in numeri, trasformato in un'entità astratta, un puro spirito da riplasmare a piacimento. Fremevo al pensiero di riuscire a misurare gli spazi celesti, di dare una dimensione precisa al nostro essere sulla terra, alla distanza che ci separa dagli altri. Sognavo di poter stringere la complessità del mondo nell'unità di una sola formula.

Facevo scoperte filosofiche che mi emozionavano al punto che la notte non riuscivo a prendere sonno. Avrei voluto gridare la mia gioia, ma mio padre non l'avrebbe capita: riteneva che la mia educazione avesse già superato di molto il livello richiesto a un proprietario terriero. Epicuro mi rivelava che l'universo è infinito, che grazie alla capacità degli atomi di combinarsi tra di loro esistono infiniti altri mondi, e che dunque abbiamo dei fratelli dispersi nei pianeti luminescenti che la notte fa diventare visibili. Li sentivo piú veri e vicini dei miei stessi fratelli carnali. Se chiudevo gli occhi, potevo vedere dipinta nel velo delle palpebre la danza volteggiante degli atomi che producono ovunque materia in sempre nuove combinazioni. Né vedevo la contraddizione che molti denunciano tra la peribilità della materia e l'infinità del cosmo. Cosí come la potevo misurare dalla masseria di mio padre, essa non mi dava sgomento o paura, ma anzi eccitazione e febbre. Sentivo come un dovere la necessità di avventurarmi in tutto ciò che non era stato ancora esplorato e incluso nei rassicuranti confini dell'ecumene. Invidiavo ai gabbiani le ali spiegate che li sostenevano senza peso nel vento. I loro stridi mi parevano il piú melodioso dei linguaggi.

Se volevo addottorarmi nelle scienze, mi fu detto, la città degli astronomi e matematici era Alessandria. Là sarei dovuto andare per abbeverarmi alle fonti del sapere, per provare che le asserzioni di Epicuro erano dimostrabili, quindi esatte.

Nella direzione della conoscenza e del viaggio mi spingevano anche gli insegnamenti del mio venerato maestro Timoleo di Samo. L'una non si dà senza l'altro. Egli mi aveva spiegato che la sapienza è mobile come le onde del mare, e che la navicella del nostro sapere può avanzare solo se usiamo le conoscenze già acquisite come un remo.

La scienza è viaggio e burrasca, non fredda contemplazione distaccata a tavolino. Timoleo insegnava che il miglior modo di rispettare e venerare gli uomini di scienza che ci hanno preceduto è quello di discutere pacatamente con loro, che sono vivi nel nuovo corpo immortale che hanno assunto: i papiri ben arrotolati che si conservano nelle nicchie delle biblioteche.

Nel ricordare le sue parole oggi sorrido. È giusto che la scienza sia continuo confronto, ma noi geografi non riusciamo a scrivere senza abbandonarci al piacere di polemizzare tra di noi. Utilizziamo le conoscenze accumulate da chi ci ha preceduto, ci appoggiamo ad esse come a delle stampelle, e simulando correttezza le riferiamo nei nostri scritti. Tuttavia il piacere piú acuto ci giunge quando possiamo smentirli, o addirittura accusarli di avere esercitato la fantasia, invece di riferire correttamente le osservazioni compiute di persona.

Abbiamo detto di Posidonio che si abbandona ad entusiasmi ridicoli e che eccede in iperboli. Si citano con un sorriso di degnazione le sue teorie secondo le quali il sole lungo le coste dell'Oceano è piú grande al momento del tramonto e calando produce uno sfrigolío, come se il mare ribollisse di vapori nello spegnerlo. Posidonio si fa beffe di Polibio perché avrebbe attribuito alla regione dei Celtiberi trecento città, scambiando per città semplici torri, come si fa nelle pompe dei trionfi. Si discute su quale sia il giusto nome da dare all'Iberia e ai suoi dipartimenti, e a chi appartengano, se al popolo romano o al Senato. Ci si accapiglia animosamente su dove fossero esattamente le colonne che Eracle aveva posto a segnare l'estremo confine del suo viaggio verso occidente, e non ci sono due sapienti che la pensano allo stesso modo. Forse il tempo ha distrutto le stele da lui erette, forse non ci sono mai state stele ma rocce o isole che potevano fornire a Eracle i simboli adatti; e forse ha ragione Pindaro quando parla semplicemente delle «porte di Gadeira»[1] (è inquietante per la nostra corporazione che i poeti ne sappiano piú di noi).

Litighiamo anche sul numero delle bocche del Rodano: Polibio dice che sono cinque, contro l'opinione di Timeo, il quale sostiene che siano due; secondo me sono invece tre. Eratostene fu criticato da Strabone perché mise in relazione la sfericità del globo con i terremoti; e contro di lui argomenta anche Ipparco, il quale sostiene che non è possibile condurre l'indagine geografica senza la conoscenza dei fenomeni celesti e l'osservazione delle eclissi, perché tutto si tiene, in cielo come in terra. Pitea il Marsigliese, eludendo la sorveglianza dei Cartaginesi, risalí le coste della Gallia e dei Germani, visitò le isole dei Britanni e le miniere di Cornovaglia, si spinse fino alla remotissima Thule coperta di ghiacci, e ne ebbe come premio l'essere considerato per lungo tempo un impostore e un ciarlatano. Anche di me si dirà che ho effettuato misurazioni imprecise, o che ho preso per buone leggende assurde e spiegazioni di fenomeni naturali che successive esperienze dichiareranno inverosimili.

Per un amabile paradosso, gli unici geografi che godono di un'autorevolezza riconosciuta dai piú sono i

[1] L'odierna Cadice.

poeti, Pindaro appunto, Omero «dalle molte voci e dai molti racconti», anche se qualcuno continua a trattarlo da mitografo. Le sue conoscenze sono estese e profonde, e v'è chi dice che le abbia desunte dai Fenici, che dominarono le coste di Libia e d'Iberia fino all'arrivo dei Romani. E con lui Apollonio Rodio, che nelle sue *Argonautiche* ci informa minutamente sulle coste del Bosforo Cimmerio sino al remoto paese del Colchi presso il fiume Fasi, che segna il confine con l'Asia; e fa tornare i suoi eroi attraverso un itinerario che li conduce a risalire il fiume Istro[2], poi a discendere il Rodano fino al Tirreno.

Ci illudiamo di essere i soli cultori del Vero e dell'Esatto, e tendiamo ad attribuire ai colleghi la fantasia sfrenata dei mitografi. Siamo ben noi, i Greci, ad aver messo in circolazione leggende che scaldano le fantasie e di cui i Romani tendono a sorridere. Oltre i territori degli Sciti vivono popolazioni che si nutrono di carne umana con la stessa naturalezza con cui noi consumiamo carne di bue. Piú ancora a settentrione vivono gli Arimaspi, che hanno un occhio solo. Sulle montagne che si estendono oltre l'India ci sono uomini con testa di cane, e altri che corrono con una gamba sola. Altri ancora sono coperti di piume e si nutrono del profumo dei fiori. I Sarmati sono usi mangiare soltanto nei giorni dispari, ma con estrema abbondanza... Ma siamo sempre noi ad aver dato agli uomini Parmenide, che attraverso lo studio delle rotazioni terrestri ha spiegato il fenomeno della stagioni; e con lui Platone e Aristotele, ordinatori enciclopedici.

In noi l'esigenza della misurazione esatta e il piacere di accogliere le invenzioni piú fantastiche si scontrano ogni giorno. Non c'è vera opposizione tra l'una

[2] Il Danubio.

e l'altro. Il procedere della scienza ha bisogno di un'immaginazione che sappia vedere e intravedere al di là della pochezza dei nostri occhi.

Timoleo ha avuto cura di addestrare la mia memoria sin dall'infanzia. In tal modo riesco a catturare ogni parola dipinta sui rotoli dei papiri come il reziario fa con la sua rete, o, meno bellicosamente, come la brava padrona di casa fa con gli orci delle farine e dell'olio. Quand'ero giovane, potevo incasellare ogni testo nei ripiani della memoria, ordinata come gli armadi di casa: qui la metafisica, a lato la fisica, la matematica, l'astronomia... Le cognizioni che avevo accumulato restavano a portata di mano. Questo mi dava un'illusione di forza da cui dovevo guardarmi. Soltanto i giovani credono che si possa arrivare facilmente al sapere. Con l'età matura, ogni nuova conoscenza non chiude varchi, ma ne apre di nuovi. Sappiamo di non sapere, come dice il filosofo.

Tuttavia ho sviluppato una convinzione cui mi piace restare fedele: si può giungere alla filosofia ultima, capace di andare oltre le nostre impressioni soggettive, solo dopo aver frequentato le scienze fisiche, attraverso l'osservazione amorosa (amorosa perché rigorosa) dei fenomeni naturali. Solo la fisica può aprire la strada allo studio delle cause prime, le risposte cui tutti aneliamo.

Amo recitare a me medesimo interi passi delle opere dei grandi, i libri di Polibio, la *Metereologica* di Aristotele e la *Geografia* di Eratostene, i racconti fascinosi del sommo Erodoto. Mi conforta pensare d'essere un semplice continuatore, l'anello di una lunga catena, legato a chi mi ha preceduto e a chi verrà dopo di me.

Noi non siamo portatori di un pensiero originale. Non ci è possibile inventare il fuoco come Efesto, e donarlo agli uomini. Siamo artigiani chiamati a lavorare a un manufatto già avviato da altri. Possiamo dare altri colpi di martello qua e là, piegare, aggiustare. Perfezionare qualcosa che già esiste. Altri proseguiranno il lavoro, altri anelli saranno aggiunti a una catena che arriverà lontano, assai piú lunga di quella che assicura il sonno delle navi nelle acque protette del porto di Efeso.

Questo è l'unico tipo di immortalità che ci è data. A me pare già molto.

Efeso è tornata dolorosamente nella mia vita quando pochi anni fa è giunta notizia che Mitridate re del Ponto, sceso audacemente in lotta contro Roma, aveva sollevato gli abitanti della città incitandoli a sterminare quanti piú Romani e Italici potevano. Sventuratamente gli Efesini hanno raccolto l'appello e molto sangue umano – che appartenga a questo o quello non attenua l'orrore – ha macchiato i marmi superbi, scendendo a ruscelli per la via dei Cureti fino al porto. Tanto fragile è il velo dei rapporti che ci legano, se basta poco a farci alzare la mano contro chi ci vive accanto da anni.

Da quando, lasciato il Ginnasio, ho cominciato a navigare, ho cercato di imparare anche dai barbari e da coloro che non praticano i nostri stessi usi. Riflettendo su di essi, ho scoperto che possedevano ragioni che potevano ben valere le nostre. È la diversità dei climi e delle necessità vitali a suggerire i comportamenti, ma l'istinto di sopraffazione che sta annidato in noi ci equipara tutti alla fiere, le quali non conoscono altra legge che il loro appetito, e tuttavia non si curano di accumulare oltre misura, come facciamo noi.

Viaggiavo verso meridione e verso borea, scendevo verso Mileto, Alicarnasso, Rodi regina delle spezie, Cipro dalle coste dirupate come mura di fortezza. Ricavavo a fatica un posto dove poggiare la testa tra involti di pece, schegge di metalli grezzi, legnami ancora odorosi di linfa e di resine, insomma le merci d'esportazione dirette all'Egitto; con noi viaggiavano spesso anche maestri d'ascia e piloti, molto richiesti. Annotavo sulle tavolette la conformazione dei porti, le distanze in stadi, la direzione dei venti e delle correnti, le opportunità commerciali offerte dagli scali. Come dice argutamente Aristofane a proposito di Eracle viaggiatore, annotavo le panetterie, i bordelli, i punti di sosta lungo la strada, le deviazioni, le fontane, gli ostelli, le ostesse presso cui trovare meno insetti.

A settentrione, navigavamo verso Smirne, risalivamo il Caico fino a Pergamo splendida, che Attalo III aveva da poco ceduto ai Romani ed esibiva, tra le intatte meraviglie dei suoi templi e delle sue sculture, i segni di aspre contese, fumi di incendi, edifici diroccati, sudici della sozzura squallida che lasciano le furie collettive.

Passato Ellesponto e Dardanelli mettevamo la prua verso il Mar Nero, lasciando sulla destra i boschi di Bitinia, con un sentimento d'inquietudine. Non per il mare in se medesimo, raramente tempestoso, ma perché ci sembrava difficile comunicare con i Daci, gli Sciti, i Sarmati, i Cimmerii, gente di pianura e di fiume, allevatori di mandrie piú che navigatori. Tuttavia quelle solitudini, quegli spazi sconfinati e brumosi mi attiravano quanto e piú di Atene, che ritenevo di conoscere abbastanza bene per via degli studi e delle frequenti relazioni che ne potevo avere.

Di ritorno a Efeso, ho provato a ordinare le informazioni che avevo raccolto, sia di persona sia attraverso testimoni degni di fede, nelle operine di consultazione che chiamiamo peripli, a uso di naviganti, gente di commercio, amministratori e politici.

Non avevo altre ambizioni che quelle della pubblica utilità. I miei peripli piacquero, furono diffusi, replicati. Acquistai fama di uomo attendibile, e mi fu piú facile trovare imbarchi. Quando si profilavano affari di una certa sostanza, venivo interpellato sui rischi che si potevano correre. La buona considerazione di cui avevo preso a godere addolcí i risentimenti di mio padre, che smise di decantare le gioie dell'agricoltura, e cominciò a vagheggiare affari che uscivano dall'ambito dei suoi poderi e delle mura cittadine.

Sulle banchine dei porti e negli empori avevo imparato l'arte di trattare e le tecniche della mediazione. La mia moderazione mi attirava altri consensi. Una contesa amministrativa mi favorí ulteriormente.

A Roma.

Il tempio di Artemide ricavava notevoli introiti dalle imposte sulla pesca nella laguna costiera di Selinusia e in quella in cui si getta il Caistro. I proventi avevano ingolosito re Attalo, che li aveva confiscati, ma quando egli rinunciò al regno i Romani decisero di restituirli ai sacerdoti del tempio.

I pubblicani furono di diverso avviso e fecero opposizione. Ne nacque un'aspra contesa che si trascinò per anni, e non accennava a risolversi. Il Consiglio, riunito nel piccolo teatro dell'Odeon, decise a larga maggioranza di inviarmi a Roma per perorare la buona causa dell'Artemision.

La notte prima dell'imbarco mio padre mi abbracciò a lungo in silenzio, e gli occhi di mia madre s'accesero ancora una volta dei bagliori di viola che prendevano nei momenti della commozione.

Nel lungo viaggio le navi non abbandonano mai la

costa, e frequenti sono gli scali. Aggirato il Peloponneso, salutai Itaca deserta di uomini e animali, immobile nell'argento dei suoi ulivi. Non osando affrontare il mare aperto puntammo su Kerkyra[3]. Poco oltre l'isola ebbi l'emozione di vedere le coste d'Italia, ingenuamente disposto a trovare in esse qualcosa di speciale che spiegasse la forza dominatrice dei suoi abitatori. Costeggiate le Calabrie, attraversammo lo stretto di Scilla senza pericoli. Pensai che era molto piú emozionante il passaggio come lo avevo potuto sentire dalla voce di Omero. Le acque erano tranquille, e numerose le barche di pescatori che armati di lunghe fiocine inseguivano i pesci spada. Il capitano, che fino ad allora se ne era stato aggrottato e di malo umore, lasciò il lungo remo del timone al suo secondo e andò a dormire sotto coperta.

Oltrepassato il porto di Ostia gremito di pesanti navi alla fonda (i loro alberi spogli erano come un bosco d'inverno), la nostra nave, leggera quanto bastava, risalí il Tevere, tirata da buoi e da schiavi. Il verde dei campi coltivati e quello dei pini era di una tenerezza inaudita, frequenti erano i boschi di canne. Dopo due giorni la nave si arenò su rive di terra e d'erba. Il diverso colore del fango diceva le varie fasi delle piene e delle secche.

– Fine del viaggio – disse il capitano con un sogghigno, godendosi il mio stupore.

Era quella, Roma? L'attracco fluviale sembrava un abbeveratoio per il bestiame, segnato da tracce umane e animali. Il fiume non era contenuto da banchine in pietra. I magazzini per le merci avevano un'aria provvisoria, poco piú d'una serie di tettoie. Intorno c'era un'aria di campagna, sulla destra si intravedevano pic-

[3] Corfú.

coli appezzamenti cinti da basse palizzate, metà orto e metà giardino; baracche, capanne, una fattoria abbandonata. Poco piú avanti, sulla sinistra, v'era un tempio circolare a colonne, d'impronta piuttosto rustica, che appresi essere il tempio di Vesta, dove si conserva il fuoco sacro. Da lí partiva un vico che ospitava botteghe e negozi con pretese di decoro e conduceva direttamente al Foro. Ho caricato in spalla la sacca che racchiudeva i miei pochi averi, cercando di aprirmi un varco nella folla che si pigiava per via.

Ero già nel cuore della città, ai piedi dell'altura detta Capitolium. Dalla parola *caput* si capiva che lí sta la testa della città, i suoi dèi Giove Ottimo Massimo, Giunone e Minerva, le sue istituzioni. Sotto la modesta collina si ergevano la tribuna per le arringhe, il palco su cui il pretore amministra la giustizia, la sede del Senato, il santuario di Saturno in cui conservano il tesoro della Repubblica, un palazzo massiccio riservato agli Archivi, lo spazio per i giochi offerti dalle famiglie nobili.

Non vedevo nobiltà né grandezza, in quel conglomerato di edifici. Anche le strade principali, la via Trionfale, la via Sacra, erano insufficienti ad accogliere il traffico delle genti che si riversavano dai quartieri tutto intorno, come un'incontenibile alluvione umana. Ho provato una sensazione di soffocamento.

Roma non è Efeso, non è Alessandria. Non possiede la via dei Cureti o la Via Canopica. Non ha avuto architetti che hanno disegnato dal nulla strade larghe e diritte che si incrociano con regolarità. Non si è data una *ratio*, un metodo. È una sorta di magazzino, un deposito in cui tutti scaricano e prendono quello che gli serve, e cresce su se stesso nel disordine degli empori. È un labirinto di vicoli in cui non è prudente avventurarsi.

Le case alte e basse, le *insulae* e le botteghe stanno accavallate le une sulle altre come animali durante l'accoppiamento; il vico in cui fatichi ad avanzare può finire all'improvviso in un muro o in un cortile. Nel poco spazio si pigiano uomini, carretti, schiavi, facchini, muli, perfino cani e maiali. La folla si affronta di malagrazia, come in battaglia. Ci si scontra, ci si pigia, ci si insulta e spintona chiamando a testimoni gli dèi. Ogni tanto sopraggiunge un senatore o un nobile preceduto da annunciatori e littori che chiedono strada con malagrazia. Intanto qui abbattono un muro, là ne tirano su un altro; dalle incastellature piovono gli ordini dei capomastri, gli operai si affannano a sistemare come possono pietre e travi. Accanto a un'*insula* può spuntare un mulino, la bottega del panettiere e del falegname stanno accanto al lupanare. Dalle case si alzano pianti di bambini, fumi densi e maleodoranti.

Tornando verso il fiume si incontrano gli sterrati del Campo Marzio, vasti spazi incolti consacrati al dio guerriero che accolgono esercizi e manovre, e le legioni in armi quando si devono riunire per votare secondo le loro regole. Gli uomini d'affari fanno intendere con parole contorte e allusive, ma sufficientemente chiare, che Roma si svilupperà su questi terreni.

Si parla di trasferire il Campo Marzio oltre il Tevere, di lottizzazioni che partiranno presto. Orti e giardini dall'aria selvaggia si estendono anche lungo la via Nomentana, che muove verso l'Etruria. Sull'Esquilino ci sono i cimiteri dei poveri, vaste fosse comuni che attirano stormi famelici e rissosi di uccelli neri. In compenso le fogne sono state coperte, una cloaca parte dal Quirinale e si getta nel Tevere dopo il Velabro, piazze e templi offrono zampilli d'acqua pura. Molte sono le fontane, e dove esse non bastano provvedono poderosi acquedotti che giungono di lontano. Alla confusione dei quartieri corrisponde nei Romani il senso della pulizia. Essi non amano soltanto edificare ninfei e rallegrare i giardini con giochi d'acqua. Nottetempo provvedono a purificare il suolo dei detriti dei commerci e del sangue dei sacrifici. Le divinità infernali vengono risospinte tra i rifiuti in cui vivono.

Dicono che Roma è cosí perché dopo essere stata incendiata e distrutta dai Galli, i cittadini ebbero il permesso di costruire dove volevano, e con le pietre che potevano trovare. Roma andava rifatta in un anno. Cosí hanno edificato dappertutto, anche su spazi d'altri; nessuno ha disposto una misura di rispetto per le strade. L'abitudine è rimasta, ancora adesso i magistrati edili fanno abbattere gli edifici abusivi, e subito nuove costruzioni sorgono la notte sul medesimo posto.

Roma impone alle colonie la pianta funzionale d'un accampamento militare, il *cardo*, il *decumanus*; in casa propria non riesce a debellare il disordine. Quando una casa prende fuoco, brucia il quartiere, perché la maggior parte di esse sono costruite in legno, o con materiali facilmente incendiabili; oppure sono i terremoti a sbriciolare costruzioni dall'aria posticcia. Allora i Romani tornano a ricostruire, ancora piú in fretta, ancora piú disordinatamente. Adesso che le ambizioni stanno crescendo, e che dalle province giungono i tesori delle conquiste, si costruisce con materiali piú solidi del legno, dei cannicci, delle pietre di fiume impastate alla peggio con malte dappoco. Si importano marmi di Grecia, e i vecchi ne parlano come di un lusso insensato, di uno spreco immorale.

Gli artigiani stanno pigiati nei loro quartieri maleolenti. L'Argileto, non lontano dal Foro, ospita le concerie, e il tanfo prende alla gola. Non c'è fazzoletto profumato che possa vincerlo, ma gli abitanti sono abituati e non lo avvertono. Non lontano stanno le librerie; cerco di scegliere con cura ma in fretta dai ricchi cataloghi, trattenendo il respiro. Altri effluvi giungono dalle bettole della Suburra, dove cuociono cibi di poco prezzo, selvaggina e carne di porco avariata, a giudicare dal profumo. Tutti sembrano contenti di stare lí a trincare, berciare e giocare agli astragali.

Impiego giorni e settimane a capire come è fatta la città, come la città pensa se stessa. Ad esempio il fiume è una frontiera, la riva destra non è piú Roma, ma è già Etruria, un paese straniero. Le città si muovono con il sole verso Occidente, ma sembra che i Romani non vogliano passare il loro stesso fiume.

Imparo che per vivere bene a Roma occorre stare in alto. I nobili e i generali vittoriosi hanno scelto l'aristocratico Palatium, anche se lo spazio è poco, i prezzi continuano a crescere, e avere un giardino anche piccolo è fortuna di pochi. Vivono sul Palatium quelli che fanno politica, e in caso di necessità possono scendere al Foro con un solo balzo.

È il Foro il vero teatro di Roma, il luogo dove si decidono i destini d'ognuno e di tutti. La politica, l'amministrazione della giustizia, il disbrigo degli affari correnti si recitano animatamente in pubblico di fronte a folti assembramenti di sfaccendati che intervengono rumorosamente a manifestare le loro opinioni, che gridano, applaudono, lanciano improperi. La gente che non conta, i clienti che si imbrancano con il potente di turno, ritrovandosi in gruppo acquistano una forza che può diventare impetuosa. Chi coltiva ambizioni politiche sa che bisogna fare i conti con questa turba eccitata.

A Roma non devi essere mai solo. Se riesci a procurarti il sostegno di gruppi numerosi e ben organizzati puoi risolvere a tuo favore gli imbarazzi piú gravi.

All'inizio del dibattimento ti attende una condanna a morte; alla fine puoi uscire in trionfo.

Guardo affascinato la Giustizia che diventa Ars Oratoria, artificio retorico, capacità di persuadere facendo appello alle emozioni.

La plebe, gli stranieri, quelli che non hanno ambizioni politiche vivono invece sul colle di fronte al Palatium, l'Aventino. Patrizi e plebei scendono dall'uno e dall'altro colle per ritrovarsi ai giochi del Circo Massimo. Sull'Aventino si ritrovano autori e attori di teatro, poeti e letterati, musici, atleti, cortigiani, poeti drammatici. Il tempio di Minerva ospita la sede degli scribi e degli istrioni.

Questi gruppi si aiutano tra di loro, e non ne frequentano altri. Per gli aristocratici del Palatium, gli abitanti dell'Aventino sono gente misteriosa e anche un poco pericolosa, pronta a scaldarsi, a inventare congiure, a tramare intrighi. Quelli del Palatium mandano le loro spie, ma non riescono a venire a capo delle notti dell'Aventino, e dei boschetti che fiancheggiano il Tevere e l'oltretevere. Dicono che lí comincia un Oriente di lascivie, popolato di giovani effeminati e di prostitute, di ladri e di lenoni.

I gruppi e i quartieri sono estranei gli uni agli altri. Tuttavia questa estraneità non può durare a lungo, perché Roma è forte solo quando i singoli cittadini diventano massa, e si impongono ragioni comuni. Ogni tanto sono costretti a incontrarsi, a immaginare nuove rumorose ragioni di comunanza. Come dopo una lite amorosa, la riconciliazione produce sentimenti eccessivi, caricati ad arte. Nella fratellanza vociante Roma torna temibile. Nessun tempio è piú necessario di quello della Concordia, sul Capitolium.

Il Romano è un uomo pubblico che appartiene alla

collettività, anche se anela le gioie della campagna, fatte di solitudine e di silenzio. Solo la collettività gli consente di realizzare il suo sogno piú vero: il desiderio di gloria e l'onore, perseguiti attraverso il duro lavoro.

Anch'io sono entrato a far parte di un gruppo. Gli Elleni, che a Roma vengono chiamati erroneamente Greci, sono numerosi e godono di buona reputazione. Sono pur sempre maestri d'arte e di pensiero, cultori di preziosità intellettuali, portatori d'una civiltà sofisticata.

Al contrario dello spazio, il tempo a Roma è diviso con ordine maniacale. Il mattino è dedicato agli affari pubblici, il pomeriggio a incontri, disinteressati solo in apparenza. Stringo relazioni, faccio amicizie. Il mio latino viene generalmente lodato, taluni cercano di rispondermi in greco.

Non so se la considerazione di cui godono i Greci sia reale, o venga invece elargita benevolmente a genti innocue che hanno perso il loro antico potere, e offrono un gradevole ornamento ai nuovi padroni. Noi siamo i gladiatori del pensiero, il nostro abbigliamento mentale ai Romani suona raffinato, sorprendente, esotico. Siamo i mirmilloni e i reziari della *sofia*. La filosofia dei Greci, la loro arte, il loro teatro sublime, sono beni pregevoli da onorare, ma un poco remoti, quasi astratti. Appartengono all'*otium*, non al *negotium*.

I destini del mondo si giocano altrove, nelle rumorose assemblee del Foro. Gli Elleni hanno perso perché il loro pensiero non è stato capace di andare oltre il perimetro della città, anche quando hanno fondato colonie al di là del mare. I Romani sono costretti a vincere in terre remote, a misurarsi con i Celti, i Germani e i Sarmati, perché sembra che non abbiano a disposizione abbastanza spazio per la loro energia organizzatrice, per le troppe cose che devono fare; perché devono ordinare anche l'esistenza selvaggia di barbari e semibarbari, e metterla finalmente a frutto.

Un efesino che vive nella capitale da molti anni sostiene che Roma si procura il superfluo che le è necessario con le sue guerre. Il superfluo sono i giochi del circo e le feste mirabolanti. Tuttavia nulla è necessario come il superfluo. Lo è ad Efeso, ad Alessandria, a Cordova. Le folle si placano solo negli scontri dei gladiatori, nelle *venationes* e nei massacri di animali esotici, nell'abbondanza dei sacrifici, nelle corse degli aurighi, negli spettacoli teatrali.

I Romani sono ossessionati dai segni e dai presagi. Gli antichi pastori, nuovi signori del mondo, hanno paura.

Paura che la città cada in rovina e muoia, che gli dèi la abbandonino, che il mondo finisca nel fuoco o nell'acqua. Non intraprendono alcun *negotium* piccolo o grande senza decifrare i segni che abbondano ovunque, nei tuoni e nei fulmini dei temporali, nel volo degli uccelli, nel canto dei galli, nel modo di beccare delle galline, nelle parole pronunciate inavvertitamente, gli *omen*, in cui il futuro sta rattrappito ma formato per intero, come un feto nel grembo materno. Gli etruschi godono di un potere che prima non hanno mai avuto perché forniscono a Roma gli aruspici, che hanno occhi speciali per leggere nel disordine delle cose, e coglier vi quello che gli dèi vi hanno nascosto.

Il giorno dell'audizione in Senato scendo a cuor leggero dall'Aventino perché l'ancor giovane vedova che gestisce la locanda che mi ha ospitato ha un padre di Vulci che si intende di voli di uccelli. I presagi hanno parlato a mio favore. La vedova mi ha accompagnato sino al Velabro con un passo allegro, piú veloce del mio. Aveva avuto un marito greco, abbiamo passato notti a parlare dell'Ellade, delle sue genti, dei suoi odori e sapori, delle sue grandezze passate e del perché le civiltà possono spegnersi e diventare brace intermittente, come gli amori.

È mattina presto quando la mia causa viene chiamata. Roma è ancora fresca delle aspersioni notturne, mi sembra di vedere per la prima volta i prodigi della sua luce. Di fronte ai senatori corrucciati, assisi studiatamente sui loro scranni, avvolti teatralmente nelle loro tuniche come se fossimo ancora d'inverno e borea infilasse la cavea, mi scopro un'eloquenza che non credevo di possedere. Ho preparato e mandato a memoria un discorso in latino ma trovo la forza di abbellirlo improvvisando, di trasformarlo via via che posso verificare l'effetto che fa su coloro che mi ascoltano.

Anche se tutti lo conoscono, parlo delle meraviglie dell'Artemision, dico senza tremare, consapevole della forzatura, che è grande quattro volte il Partenone; illustro i tesori che già racchiude e quelli che vi si accumulano ogni giorno, lo splendore dei culti e l'importanza che rivestono per le province asiatiche; cito i numeri dei pellegrini che lo visitano, la loro straordinaria devozione. Sottolineo come l'Artemision sia un elemento di pace e stabilità sociale. Passo poi a trattare gli aspetti giuridici e amministrativi, la normativa sotto gli Attalidi, gli antichi usi e costumi, i precedenti di altre province romane, le sentenze che sono state rese dai magistrati per casi analoghi. Esibisco cartine che ho redatto io stesso, e che esemplificano come certi dazi d'importazione del pesce pescato e dei murici possano o non possano venire applicati. Prendo congedo lodando l'alta funzione civilizzatrice di Roma, e rimettendomi alla saggezza del Senato.

I senatori si guardano e tacciono, ma pur non essendo un aruspice ho imparato a interpretare il consenso e il dissenso da un battito di ciglia, da un movimento del capo, della mano o del piede.

La missione ha avuto successo. L'Artemision riavrà i suoi dazi. Il «dono di Artemide» si è sdebitato con la sua dea. Per onorarmi e testimoniarmi la loro gratitudine, i sacerdoti hanno stabilito che il tempio ospiterà una mia statua rivestita d'oro.

Ho dovuto posare per ore. L'occhio dello scultore ha frugato nella mia anima come mai mi era capitato. Mi sono sentito spolpato dallo sguardo che sembrava leggere le mie debolezze recondite come se fossero pietre chiare sul fondo di un ruscello.

La statua è stata trasportata al tempio con grandi feste, sacrifici e libagioni, musiche di flauti e cetre composte per l'occasione. La dea potrà continuare a elargire i suoi benefici, e i devoti a raccontare il pellegrinaggio a Efeso come la grande avventura della loro vita.

Solo quando la festa è finita e la notte è discesa sono potuto rimanere solo con la statua. Abituato a indagare i fenomeni naturali, a misurare terre e mari, ad annotare gli usi dei popoli che vivono ai confini dell'ecumene, mi ritrovo a scrutare il simulacro che dovrebbe essere il mio doppio.

Provo un imbarazzo profondo. Lo scultore ha colto perfettamente un aspetto del mio carattere, che potrei definire come l'egoismo del sofista: l'anteporre i piaceri dell'indagine, della riflessione e dello studio alla sollecitudine per gli altri esseri umani, alla soccorrevolezza, alla pietas per le altrui debolezze. Tuttavia lo ha sfumato, e anzi l'ha contraffatto, facendomi dono dell'espressione serena e pacata dell'uomo giusto che provvede ai bisogni della comunità. Il tempio ha bisogno non di Artemidoro come veramente è, ma di Artemidoro come dev'essere.

Mi vergogno di quella *persona*[4]. L'uomo della statua è un estraneo, il benemerito dell'Artemision è un ipocrita che si studia di nascondere ambizioni e appetiti, che è capace di invidia e brama segretamente il potere.

Avevo pensato di rimanere sull'Aventino con la vedova della locanda, anche se Roma, cosí pronta a delibare ogni genere di piacere, considera l'amore come una debolezza, poco raccomandabile in chi voglia affrontare una carriera pubblica. Il volto etrusco della donna aveva il colore della pietra bionda d'Etruria, e mi ricordava quello delle *Korai* dell'Acropoli ateniese, il loro enigmatico sorriso, la compostezza che rimanda ai misteri dell'armonia. Non mi sarebbe stato difficile, dopo la mia orazione al Senato, trovare un protettore autorevole.

Ho immaginato le mattine spese di buon'ora al Foro, le pazienti tessiture di relazioni tra le quinte delle istituzioni, la mia vita di politico. Come nella notte della festa campestre di mio padre, ho avvertito i limiti, l'obbligatorietà dei percorsi che mi sarei prescritto da solo. Non potevo rinunciare ai viaggi che ancora mi attendevano. L'incertezza del futuro era preferibile alle certezze che mi poteva offrire Roma tra pace e guerra.

Con la vedova ci siamo scambiati parole ragionevoli, lacrime trattenute e promesse che sapevamo di non poter mantenere, ma in quel momento ci furono d'aiuto.

Non mi sono pentito della scelta, ma non saprei contare le notti in cui avrei voluto essere nella piccola stan-

[4] È il nome latino della maschera teatrale.

za alta sui tetti dell'Aventino, dove il vento leggero muoveva a danza la corta tenda di lino, sfilacciata da anni di servizio.

Il ritorno a Efeso è stato breve. Dopo pochi mesi ho ripreso il mare alla volta delle coste iberiche.

In Iberia.

Mi sono spesso interrogato sul perché non abbia mai pensato di viaggiare verso l'Oriente misterioso di Alessandro: attraversare deserti e montagne, il regno dei Seleucidi e dei Parti e la Battriana, arrivare al grande fiume Indo e lí lasciarmi andare alla corrente su una zattera per centinaia e migliaia di stadi, come ha fatto lui.

Avevo letto con avidità le cronache delle sue spedizioni, talune manifestamente inventate, e come tutti m'ero emozionato al racconto delle sue gesta. Anche prima di Alessandro, dalle Indie arrivavano notizie di animali portentosi, di merci preziose, di prodigi cui ci sforzavamo di credere quanto piú erano vicini alle favole. Probabilmente quei popoli invisibili ai nostri occhi, che forse non desideravano essere visti da noi, avevano sviluppato una civiltà perfino superiore alla nostra, eppure non mi tentavano.

Per me il viaggio restava legato all'acqua, doveva rincorrere il moto del sole. Secondo la leggenda, era stato un pesce a guidare l'eroe Androkles in fuga dall'Ellade, sino al luogo in cui avrebbe fondato Efeso. Conoscevo le navigazioni di alcuni arditi esploratori nel Mar Eritreo e nel Golfo Arabico, ma era l'Occidente a chiamarmi. Se gli anni me lo consentissero, vorrei ripetere le gesta di quell'Eudosso di Cizico di cui si dice abbia navigato intorno all'Africa partendo da Gadeira, e sia giunto fino al Mare Eritreo per scoprire che colà le navi hanno le stesse decorazioni di quelle iberiche.

La mia stessa predilezione per l'Iberia non si deve soltanto alla suggestione letteraria, secondo la quale Omero avrebbe sistemato in Turdetania[5] i Campi Elisi e le isole dei beati destinate ad accogliere gli eroi. Odisseo si sarebbe spinto fin qui, come si può anche capire dalla città della Bastetania[6] che porta il suo nome, e dal tempio di Atena che raccoglie scudi e rostri di navi dell'eroe. Cosí racconta Asclepiade di Mirlea, che vi ha insegnato grammatica.

L'Iberia è l'ultimo lembo di terra conosciuta prima della grande distesa del Mare Oceano, e riassume in sé tutto quello che possediamo e conosciamo, e insieme ci spinge come una catapulta verso l'ignoto. Quello che a noi sembra un arrivo è una partenza. Ho visitato l'estremo lembo del continente, il Promontorio Sacro[7], cosí come si accede a un tempio, con tremore reverenziale. Le onde dell'oceano battevano contro le rocce con un mugghio di mille tori che sembrava provenire direttamente dagli abissi.

Ho parlato a lungo con gli armatori di Gadeira, città di marinai, ho chiesto di poter salire sulle loro navi. Mi hanno parlato con disprezzo del paese dei bellicosi Lusitani, gli Spartani d'Occidente che dicono disdegnare l'agricoltura. I Romani hanno costruito la fortezza di Osilipo[8] alla foce del Tago, fiume pescoso e ricco di conchiglie. Pochi sono gli scali nei paesi piú a settentrione. Attorno al fiume Durius[9] vivono genti

[5] L'attuale Andalusia.
[6] La regione della Murcia.
[7] L'attuale Cabo São Vicente, in Portogallo.
[8] Lisbona.
[9] Il Duoro.

abili a tendere imboscate, che sacrificano agli dèi i prigionieri di guerra, cui sono soliti tagliare la mano destra.

Quanto alle aride coste della Maurusia[10], verso meridione, non offrono opportunità commerciali che inducono a sfidare rotte poco conosciute. Tuttavia non mi sono sentito prigioniero delle terre d'Iberia che la notte andava inghiottendo.

L'Iberia mi è apparsa come un paese d'acque, un mostro mitologico dal volto benevolo. Ad annunciarla sono stati branchi di balene e di capodogli, che innalzavano al cielo i getti possenti emessi dagli sfiatatoi. Lo spettacolo di queste fontane di mare, per dire cosí, era tale che i marinai e il timoniere si sono tolti i cappellacci di giunco con cui si difendono dal sole, e stavano a guardare incantati, in silenzio. Non so se quei getti corrispondano a una necessità vitale o siano un semplice gioco, magari un corteggiamento. Le balene scherzavano con il mare, i loro getti obbedivano a un segreto ritmo di danza.

Non ci sono soltanto questi esseri portentosi a rendere preziose le acque dell'Iberia meridionale. Vi regnano ostriche e conchiglie d'ogni specie, murene, polipi enormi, calamari, gongri, buccine e murici. Sulle coste si produce il miglior *garum*[11] di tutto il Mare Interno. Decine e centinaia di giare stanno ammassate sui moli pronte per essere mandate a Roma su navi capaci di trasportarne anche quindicimila. Intorno ai laboratori del *garum* si leva un odore acutissimo, che dà stordimento ed è penoso da sopportare.

[10] La Mauretania.

[11] Salsa preparata con pesci fermentati, molto apprezzata come condimento dai Romani.

Del continente iberico mi è particolarmente cara la Turdetania, i cui fiumi maestosi, il Betis[12] e l'Anas[13], scendono placidamente a mare, e vengono dal mare risaliti con familiare confidenza. Le grandi maree riempiono periodicamente estuari e insenature, e facilitano la navigazione, anche se creano difficoltà ai pastori per il loro improvviso irrompere. Pesci d'acqua dolce e d'acqua salsa vi convivono senza darsi battaglia.

Attraverso tali vie d'acqua sono risaliti i Romani, hanno portato le loro leggi, le loro colonie, i loro dèi, cacciando i Fenici che si erano impadroniti dell'Iberia prima di loro, stupiti di trovarvi abitanti che usavano stoviglie e vasi d'argento. Le città della Betica, quali Cordova, fondata da M. Claudio Marcello, Hispalis[14] e Italica[15], sono romane in ogni loro aspetto; fino a Hispalis si possono usare navi di grande stazza; piú oltre e fino a Cordova è piú saggio utilizzare piccole imbarcazioni da fiume.

La Turdetania produce in abbondanza olio, vino, frumento, miele, cera, pece, cocco e cinabro; ottima lana e tessuti di buona fattura, che vengono principalmente esportati in Italia, fino a Ostia, su navi costruite in questa stessa regione per via del legname abbondante, che possono sfruttare venti regolari e favorevoli.

Gli Iberi, che nelle regioni settentrionali si sono mescolati ai Celti, sono una popolazione fiera come i tori che allevano. Sono armati alla leggera, come richiede il brigantaggio: giavellotto, fionda e spada. Anch'essi, come tanti, non hanno saputo unire le loro forze per odio dei vicini. Mutevoli e ingannatori, si sono fatti sottomettere per troppa presunzione. Tuttavia a

[12] Il Guadalquivir.
[13] La Guadiana.
[14] Siviglia.
[15] L'odierna Santiponce, che avrebbe dato i natali all'imperatore Adriano.

Numantia, dove nasce il Tago, i Celtiberi resistettero vent'anni ai Romani. Adesso apprezzano con la ragione l'ordine romano e i vantaggi della pace, con il cuore anelano l'antica libertà. Sono grati ai Romani d'aver ripulito dai pirati i mari intorno alle Colonne d'Eracle e alle isole Gimnesie[16], ma chiunque intenda reclutare uomini per gettarsi in qualche nuova avventura sa che qui possono trovare persone pronte a battersi. È da queste parti che Scipione si è scontrato con i Cartaginesi.

I soldati iberi hanno sangue bollente. A Roma lo sanno benissimo, e sono molto attenti a quello che succede in quelle terre. Se succede in Iberia, prima o poi succederà anche a Roma. Le legioni stanno sempre all'erta, e nella buona stagione i governatori viaggiano senza posa.

Se si vuole procedere verso settentrione, verso l'Iberia citeriore, oltre il Tago, nei paesi dei Vettoni, dei Carpetani e degli Arvachi, giunge il momento in cui i fiumi non sono piú navigabili. Boschi, pascoli e ulivi si diradano. Gli agi sono terminati, comincia la dura fatica.

Aride sono le regioni delle miniere d'argento, bronzo e oro, che si estendono a settentrione fino ai Lusitani e agli Artabri, e a occidente fino a Nova Carthago, dove lavorano quarantamila uomini, capaci di trattare il metallo con ingegnosi sistemi di raffinazione. In molti regioni dell'Iberia si vedono uomini e donne che danno la caccia all'oro perfino nei fiumi, setacciando le acque.

Conosco quello che mi attende. Lunghi trasferimenti a dorso di mulo o, se sarò molto fortunato, di cavallo. Trattative estenuanti con i cavallanti per il prezzo, condotte in una lingua strana che non è latino e non è gre-

[16] Le Baleari.

co, fatta principalmente di gesti, la vera lingua del commercio e dello scambio, delle necessità elementari. Con le mani si può esprimere benissimo il poco che serve: mangiare, bere, dormire, comperare, vendere, copulare. Il mondo può stare racchiuso in sei gesti.

Presto le strade diventano sconnesse, irregolari come cicatrici, irte di pietre, punteggiate dagli occhi sporchi delle pozzanghere. Gli altopiani d'Iberia sono come le schiene degli asini, aride distese ondulate in tutte le gradazioni del giallo e dell'ocra, pianori interminabili che si aprono su nuovi deserti battuti dal vento. Nemmeno le lucertole accetterebbero di viverci.

Conosco i silenzi del capocomitiva, l'ex legionario dalla barba incolta che ha un pezzo di terra da quelle parti, ma non gli basta. Arrotonda scortando carovane, l'occhio sempre fisso sulle colline intorno, o alle macchie d'alberi, per vedere se contengano i segni della presenza di briganti.

Senza parlare ci scambiamo occhiate, bisacce mezzo vuote, gallette, un morso di pane d'orzo. Ci pigiamo attorno alle poche fontane che buttano ancora un'acqua rachitica che ha il colore del fango chiaro. Spesso non troviamo le stazioni di posta dove speravamo di trovarle, perché la mappa non è esatta, perché qualcuno le ha assaltate e bruciate, ed è poi sparito nelle terre color del mattone con il suo magro bottino.

Passiamo le notti sotto l'esile riparo del mantello militare, con l'orecchio attento ai movimenti dei cavalli e ai passi di animali selvatici, attirati e respinti dai fuochi dei bivacchi. Salutiamo con sollievo la luce grigia. Ci attende un'altra giornata scandita dallo zoccolio delle bestie, dagli sbuffi delle loro froge, dall'odore dolciastro degli escrementi.

Mi è sempre dispiaciuto che quelle emozioni non potessero prendere posto in una scarna relazione di viaggio.

– Ricordati! Un geografo non deve avere sentimenti! – mi aveva ammonito il maestro Timoleo, uomo inflessibile dalla voce sottile, sempre sul punto di spezzarsi in un sospetto di pianto. Io invece penso che le emozioni possono rendere migliore un geografo, piú sensibile, piú acuto. Quello che vedono i nostri occhi è solo una parte infinitesima di quello che è possibile vedere. Molte delle cose predicate dai filosofi efesini non hanno riscontro sotto cielo. Sono giunto alla conclusione che l'invisibile sia maggiormente degno d'attenzione del visibile. Quello lo possono attingere tutti. Solo una mente superiore può giungere all'invisibile.

A me si chiedeva di dare informazioni essenziali, perché solo queste servivano. Notizie di città opulente e zone desertiche, villaggi fortificati, presidî militari, commerci, boschi e boscaglie, file di ulivi, torrenti screpolati dalle secche o non piú guadabili per via delle piene primaverili.

Mi sforzavo di tenere fuori dalla mente le macchie delle mandrie perse nella vastità della terra, figurette nere di cani e pastori all'orizzonte, ritagliate sul fuoco dei tramonti; gli ululati del vento, che ora muggisce, ora solleva foglie con il sibilo stizzito del serpente. Quanto piú cercavo di concentrarmi sui dati che erano l'oggetto del mio lavoro, tanto piú quelle immagini e suoni e odori mi assalivano come uno sciame di vespe rabbiose ed esigevano che io prestassi loro attenzione.

C'erano sere, accanto al fuoco, che prendevo un sasso trovato per via e con lo stilo ci appuntavo sopra dei segni brevi. Non sapevo nemmeno se all'alba li avrei portati con me o li avrei abbandonati lí, per lo stupore del viandante che sarebbe passato dopo di me in quello stesso luogo. Alle volte incidevo il profilo di un asino, il rilievo dentato di una catena di monti o colline, la chioma fronzuta di un ulivo (ho spesso sognato di essere stato generato da un ulivo, tanto è l'amore che porto alla sua silenziosa saggezza di testimone). La scrittura dev'essere nata cosí.

Mi sarebbe piaciuto avere con me uno strumento a corda, e accompagnare l'arrivo della notte con un canto inventato al momento, magari simile ai gemiti dell'amore. Ma non c'era posto per le cetre, sui basti degli animali.

Certe spedizioni prendevano settimane intere. Mi domandavo se saremmo mai arrivati da qualche parte, scrutavo i cavallanti e i cammellieri per scoprire da un loro gesto minimo – uno strizzare gli occhi, una smorfia – se erano sicuri della strada.

Andavamo verso nord, questo dicevano le stelle. Avremmo scoperto le rive d'altri mari, come Senofonte? Tuttavia l'idea di viaggiare in quella specie di nulla dove ogni cosa, persona o animale stava al posto che gli era stato assegnato, mi dava una tranquillità che aiutava a respirare meglio. Mi faceva bene sentire che agli asini e ai cavalli mi legava una resistenza alla fatica che stupiva in primo luogo me stesso.

Guardavo l'ex legionario camminare accanto a me, mi chiedevo cosa pensasse. Forse rimpiangeva la vita violenta delle campagne contro i barbari d'Oriente. Forse l'essere diventato proprietario non gli bastava (non a caso nella lingua latina *pecunia* viene da *pecus*, gregge). Non era quella la ricompensa attesa per i servigi che aveva reso a Roma per vent'anni. Non qui. Avrei voluto sapere come immaginava il proprio futuro, e cosa sperava per i propri figli. Li avrebbe mandati a studiare da qualche parte, addirittura a Roma, ad Atene, a cercare gloria nell'esercito, o sarebbero restati a fare i mandriani in Iberia?

C'erano albe in cui mi sembrava che l'ex legionario

ci odiasse, noi civili affidati alle sue cure, piú di quanto avesse odiato i barbari. Nelle steppe sarmatiche aveva spento la paura infilando la lama piatta della sua larga spada di soldato nell'ammasso di pelli maleodoranti che ricoprivano quei nemici incolti e puzzolenti. Ma qui? C'erano momenti in cui si avvicinava ai muli, li abbracciava e parlava loro lungamente, muovendo soltanto le labbra. Non si capiva se era confidenza o risentimento. A volte sembrava quasi volesse mordere loro le orecchie. Si illuminava soltanto quando incrociavamo una squadra di soldati in trasferimento. Guardava le insegne, le aquile, i numeri dei battaglioni. Li scrutava a uno a uno, come a identificare vecchi compagni, ma erano tutti giovanissimi, dall'aria insieme concentrata e distratta. Cercava di capire se erano contenti, e dove stavano andando, quale missione li attendesse.

Una notte i nostri sguardi si incrociarono al lume tremolante di un fuoco di bivacco. Come se mi avesse letto nel pensiero, disse piano:

– È peggio non avere nemici che non avere amici.

Il giorno dopo arrivammo in vista di una catena di monti chiamati Pirenei.

Chiesi al legionario, con cui mi sentivo d'essere entrato in confidenza:

– Quali popoli vivono al di là di quei monti?

– Celti – disse a labbra serrate.

– Barbari? – chiesi scioccamente, ben conoscendo la risposta.

– Gente come noi, senza speranza.

– Esistono dunque terre dove cresce l'erba della speranza?

– Solo per mare si dà speranza – disse il legionario, con una smorfia che significava l'esatto contrario. Mi venne voglia di contraddirlo:

– Dicono che è possibile raggiungere le Indie partendo da Gadeira. Se ci riusciremo sarà un gran giorno, ma dopo, quali speranze potremo continuare a coltivare?

– Non temere – ghignò il legionario. – Il lavoro non mancherà, a voi imbrattatori di cocci. Ci vorranno decine e centinaia di generazioni prima che riusciate a inchiodare il mondo sulle vostre tavolette.

Non erano i Pirenei la fine del viaggio. Accumulavo con pena notizie non so quanto vere sui costumi ferini delle popolazioni che vivono al di qua e al di là delle montagne, e ricordano quelli dei Traci e degli Sciti. Donne ruvide e dure come i loro uomini, che partoriscono mentre lavorano sui campi, e subito tornano alla terra. Madri che uccidono i figli e i loro uomini piuttosto che vederli prigionieri. I quali, a loro volta, catturati e appesi alle croci romane, cantano. Uomini che hanno l'abitudine di portare con sé un veleno ricavato da una pianta simile alla cicuta, che uccide senza dolore, quando è necessario.

Man mano che procedevo nel paese dei Celti, sentivo il calore della vita abbandonarmi, e nebbie subdole avanzare strisciando fino a seppellirmi sotto una coltre di silenzio e paura. Un geografo non deve avere sentimenti. Malgrado l'impegno che vi mettevo, non riuscivo a provare per l'oggetto delle mie indagini nemmeno una fredda imparzialità. Temo che quanto ho scritto sulla Gallia sia frutto di questo precoce inverno dell'anima.

Escludo dalla mia avversione soltanto Massalia[17], fondata dai Focei in obbedienza ai comandi di Artemide Efesia, retta da un collegio di seicento saggi e il-

[17] Marsiglia.

lustre per cantieri navali e macchine per l'assedio. L'immagine lignea di Artemide che ho trovato sull'Aventino trae modello da quella venerata dai Massalioti, ai quali si deve la diffusione del culto sulle coste d'Iberia. Massalia è a tal punto progredita nel campo degli studi filosofici e retorici, che molti barbari vi hanno appreso il greco sino a stendere i loro contratti in quella lingua; e i Romani che vogliono addottorarsi preferiscono venire qui che andare ad Atene.

Procedendo verso il monte Cemmeno[18] mi dolevo come di un'offesa personale della scomparsa del fico e dell'olivo e delle difficoltà che ha la vite a maturare. Ho sperimentato su me stesso il soffio devastante del vento Melamboreo[19], che fa rotolare le pietre e cadere gli uomini spogliandoli di armi e vestiti; ostinato a viaggiare malgrado la brutta stagione, ho subito fiumi impetuosi, le loro inondazioni, il fango immondo dei disgeli; le coste povere e sabbiose del paese degli Aquitani dove cresce soltanto il miglio.

Ho annotato sulle mie tavolette decine e centinaia di popoli, città e larghi fiumi navigabili, e ora tutti la memoria li confonde come alberi di un solo bosco, la grande foresta di 4000 stadi che chiamano Ardenne, in cui vivono come assediate genti rustiche che si difendono con le spine e gli aghi degli alberi. Ho valicato il Reno sul nuovo ponte di Treviri, ho disceso il Sequana[20] fino al territorio dei Parisii che occupano un'isola del fiume e la città di Lucotocia[21]. Ovunque ho trovato accampamenti romani che mettevano a punto le fortificazioni e comandanti che vivevano a cavallo distribuendo ordini a manciate. Ho avvertito la mu-

[18] Il massiccio delle Cevennes.
[19] Il maestrale, il *mistral* dei francesi.
[20] La Senna.
[21] La futura Lutetia, Parigi.

ta rabbia dei dominati e l'operosa consapevolezza dei vincitori, i quali andavano ripetendo a se stessi prima che agli altri che l'antica ferinità di genti colleriche e infide si sarebbe trasformata in socievolezza.

Da ultimo sono giunto sulle rive di quell'Atlantico boreale che i marinai di Gadeira disdegnavano come infruttuoso. Sulla riva opposta si intravedeva la grigia isola dei Britanni e il promontorio del Cantium[22]. Allora ho capito che ponendo le sue colonne a Gadeira Eracle ci aveva ingannati, che non esistono nuovi mondi che non assomiglino a quelli che abbiamo lasciato alle spalle, che il mare Oceano ha ovunque le stesse onde, gli stessi pesci, le stesse navi e gli stessi uomini. Che amici e nemici stanno dentro di noi, prima ancora che nell'ecumene e nelle altre terre non ancora censite.

Il mio lungo peregrinare non aveva piú senso. L'elenco di popoli e città che avevo steso con cura e con pena non era diverso dall'indistinto canto notturno di mia madre sulle colline di Efeso.

Alessandria.

L'invito ufficiale della corte tolemaica mi aveva raggiunto a Gadeira. Come facessero ad Alessandria a sapere che mi ero avventurato in Iberia non sono mai riuscito a capire, e non mi è stato spiegato.

La navigazione lungo le coste cartaginesi e poi libiche fu tranquilla, ma la fretta di raggiungere la gran capitale mi rendeva insofferente. Il paesaggio delle rive era monotono, sabbia, rocce e palmizi, e non mi consentiva di valutare l'avanzamento, reso peraltro rego-

[22] Il Kent degli inglesi.

lare dalla costanza dei venti. Attraversavamo con esasperante lentezza il paese dei Lotofagi, che si nutrono dell'erba che sostituisce l'acqua. Mi fu detto che quando il momento fosse arrivato avrei visto con i miei occhi, da gran distanza.

Nella notte che incombeva, sembrava una stella mai vista, bassa sull'orizzonte. Emanava vapori gialli, quasi rossi.

«Il Faro! Il Faro!», fu il grido di contentezza che si levò a bordo.

Gettammo l'ancora presso la riva. All'alba riprendemmo la navigazione. La misteriosa stella notturna era piovuta dalla costruzione gigantesca che ci veniva incontro. Era un dito di pietra puntato contro il cielo, il muto testimone della competizione tra uomini e dèi, tra il piú grande condottiero di tutti i tempi e i suoi successori.

Che l'orizzonte sia stato sgomberato dai venti o resti offuscato dai vapori, la sorpresa è la stessa. Man mano che la nave si avvicinava cautamente, potevo scorgere i dettagli della torre. È alta poco meno di uno stadio[23], disposta su tre piani. Il basamento possente è quadrato, ai suoi angoli stanno quattro grandi gruppi di Tritoni che soffiano nelle conchiglie; accoglie nel suo ventre trecento stanze per le squadre degli addetti. Il secondo piano è ottagonale; il terzo è cilindrico e ospita un colonnato a copertura conica. È lí che i guardiani fanno ardere i fuochi delle segnalazioni; un'ingegnosa macchina idraulica solleva fino a loro la legna destinata a tenere acceso il fuoco, che uno specchio di bronzo riflette a grande distanza, anche trecento stadi[24]. Veniva da quella sorgente la luce che mi aveva col-

[23] 140 metri circa.
[24] 50 chilometri.

pito. Avevo sentito parlare di statue poste sulla sommità della torre: una si muoveva seguendo il corso del sole, un'altra segnava la direzione dei venti, una terza gridava le ore del giorno, l'ultima segnalava l'arrivo di nemici e dava l'allarme. Io ho potuto ammirare soltanto la grande statua posta sulla sommità che effigia Zeus Soter, salvatore e patrono dei marinai.

La torre non l'ha costruita Alessandro, bensí Tolomeo, il secondo dei suoi successori. L'esaltazione di Alessandro si è propagata come un incendio agli uomini d'ambizione che sono venuti dopo di lui. Alessandro è stato l'incontrastato signore degli spazi orizzontali, Tolomeo II ha voluto esserlo di quelli verticali, ha sfidato il cielo, come i Faraoni, innalzando il gigantesco obelisco che è la mole del Faro. L'*hybris* che l'ha voluto lo rende piú impressionante dello stesso Artemision, del Mausoleo d'Alicarnasso, del colosso di Rodi, l'Eracle armato d'arco e di frecce che alza la fiaccola all'ingresso del porto dell'isola delle rose. Tolomeo ha posto il Faro ai confini tra terra, cielo e acque.

I Tolomei sono stati i piú avveduti tra quanti hanno raccolto l'eredità d'Alessandro. Hanno scelto l'Egitto perché smisuratamente ricco, perché è il granaio dell'ecumene, perché è meglio difendibile di altre terre, protetto com'è dal mare e dai deserti attorno. Hanno addirittura ampliato i loro possedimenti muovendo verso la Cirenaica, annettendo per un certo periodo la Siria e la Palestina, prendendo e perdendo Cipro. Hanno costruito il piú possente impero del Mediterraneo, e pensato Alessandria come la nuova e vera capitale del mondo, piú bella di Roma, certamente piú colta e splendida.

Non conosco ambizioni di grandezza che non abbiano prodotto lutti, guerre e distruzioni. La costruzione di Alessandria vale la distruzione di Persepoli?

Tuttavia gli uomini vivono di sogni sconsiderati, e i Tolomei non hanno fatto eccezione. Almeno fino a quando non si sono fatti sopraffare dalle mollezze che li hanno trasformati nella caricatura di se medesimi.

Quando arrivi ad Alessandria ti chiedi come hai potuto vivere il resto della vita lontano da qui. Capisci che sei arrivato in una città che non assomiglia a nessun altra, che non è Mileto, Atene, Pergamo e nemmeno Roma, che non è un emporio, nè una fortezza. Le altre città nascono faticosamente da se stesse, dall'approssimazione e dall'errore, dalla ripetizione e dalla necessità. Alessandria è uscita tutta armata dalla testa d'un solo uomo, come Minerva. Lo stampo è greco, vi si può intravedere l'impronta del chiaro logos ordinatore d'Aristotele, piú forte del carattere impetuoso e disordinato del suo discepolo.

Non so se Alessandro abbia voluto rendere omaggio al suo maestro disegnando la città ideale, le sue superbe armonie. Egli mi sembra uomo capace non di gratitudine, ma di orgogliosa dismisura. La dismisura è contagiosa, si trasmette piú in fretta della peste.

Gli Egizi hanno cercato di annettersi il Gran Condottiero, sostenendo che era nato dall'unione del faraone Nectanebo con Olimpiade sua madre; e lo stesso Alessandro è corso qui a consultare l'oracolo di Zeus Ammon e a sentirsi dire che lui era figlio del dio. Tuttavia il figlio non assomiglia al padre, perché la sua città non assomiglia a quelle degli Egizi.

Già Omero conosceva un'isola chiamata Faro che sta davanti all'Egitto «nel mare dai flutti infiniti», e loda il «porto dai buoni ancoraggi, donde le navi diritte | si spingono in mare, quando hanno attinto la terra bruna». Si dice che un saggio sia apparso in sogno ad Alessandro citandogli proprio quei versi, e inducendolo cosí a scegliere il luogo per la nuova città che aveva in mente. In realtà, davanti all'isola, pianura, mare e fiume si confondono. Generano acque basse, limacciose e infide, e i piloti procedono con cautela.

Alessandria è plurima. Le altre città hanno un porto, qui se ne possono trovare tre, addirittura quattro se consideriamo il porto privato che serve i palazzi reali. I primi due, il Porto Grande e quello occidentale, detto Eunosto o del buon ritorno, guardano il mare aperto, e sono spartiti dall'isola di Faro e dalla diga rotabile che la collega alla terra ferma, chiamata Eptastadion perché è lunga circa sette stadi[25]. Essendo molto capienti, i porti sono difesi dal mare per mezzo di dighe e pietre frangiflutti. Un terzo porto, Kybotos, «la scatola», è collegato da un canale al lago interno di Mareotide, dove affluiscono in quantità le merci provenienti dal paese. Il sistema di bacini collegati tra loro crea un movimento perenne che li fa assomigliare a un formicaio acquoreo.

Alessandria è uno spazio ritmato da matematiche segrete. Dinocrate architetto si è attenuto ai precetti che Ippodamo di Mileto aveva fissato duecento anni prima di lui, eppure nulla appare altrettanto prodigiosamente nuovo. La forma complessiva è quella della clamide macedone, cioè all'incirca un parallelogramma, al cui interno le vie si incrociano ordinatamente ad angolo retto. Da settentrione a meridione, e da oriente a occidente corrono le due vie principali, fiancheggiate da grandi portici a colonne. Sono larghe circa cento piedi[26], che consentono il passaggio di carri e cavalli;

[25] 1200 metri circa.
[26] 30 metri.

incrociandosi, danno vita a una vasta piazza monumentale.

I palazzi reali si affacciano sul mare, circondati da parchi alberati e giardini botanici e zoologici, da cui si levano ruggiti di leoni e barriti d'elefanti. Ogni sovrano ha aggiunto un palazzo nuovo e tutto suo, volendo gareggiare con i predecessori; cosí gli edifici reali hanno finito per occupare almeno un quarto dell'intera superficie. La Biblioteca e il Mouseion, il «Tempio delle Muse» che sarà la mia nuova casa, sono sistemati all'interno della cittadella regia, di cui sono ornamento. Fuori della cinta si dispongono a corona il Teatro, il Ginnasio con i suoi eleganti porticati, i templi di Dioniso, Iside e Serapis, il santuario di Posidone, obelischi, bagni e terme, empori, grandi magazzini e i cantieri navali.

All'incrocio delle due strade principali sorge il tempio funerario di Alessandro, deposto in un sarcofago a forma di letto, a sua volta racchiuso in un santuario dalla cinta murata. Poco piú in là si eleva la collinetta artificiale del Paneum, rallegrata di alberi e giardini, che consente una vista mirabile su tutta la città.

Si è discusso se siano stati gli Elleni a suggerire ad Alessandro di costruire qui la sua città, e se egli fosse consapevole dell'importanza che essa avrebbe assunto come capitale splendida dell'ecumene, in cui sarebbero confluiti tutti i traffici e tutti i saperi. Inclino personalmente per questa seconda ipotesi. Troppo vasta era l'esperienza del mondo che Alessandro aveva fatto, troppo grandiosi i suoi progetti. Da nove anni fervevano i lavori quando egli morí; ne corsero altri settanta prima che gli ultimi cantieri fossero chiusi, ai tempi di Tolomeo II. Tuttavia il soffio dell'ispirazione originaria è ben suo. Io dichiaro che la costruzione di questa città vale ad Alessandro una gloria anche superiore a quella effimera delle conquiste militari, che hanno poi generato l'interminabile serie di contese tra i suoi successori.

Dobbiamo riconoscere al primo Tolomeo l'idea di far fruttare qui l'eredità di Aristotele. Si dice sia stato quello strenuo indagatore di fenomeni naturali a insegnare a un sovrano, buon generale e politico, ma non letterato, come si fondano e aumentano biblioteche. Altri sostengono che il progetto di tramandare ai posteri le grandi opere del passato sia stato d'uno scolaro di Aristotele, Demetrio di Falero, eccellente uomo di Stato. Come che sia, la piú grande biblioteca del mondo è nata in un paese che prima d'allora conosceva pochissimi libri dei Greci, ma produceva i papiri.

Forse Tolomeo, che aveva già scaltramente sottratto agli altri generali il corpo di Alessandro per portarlo a Menfi, aveva bisogno della Biblioteca per affermare i propri meriti di migliore tra gli eredi. Tra i fumi delle contese, Tolomeo voleva trasformare la città appena fondata nella novella Atene, la vera capitale dell'ecumene, la città che non era la colonia di nessuno e sopravanzava tutte le altre. Dicono che non abbia lesinato denaro, astuzie e frodi pur di assicurarsi i testi autografi di Aristotele e di altri sapienti.

Qui vivono trecentomila persone, e altre duecentomila nelle campagne. Poiché la città era priva di sorgenti d'acqua dolce, sono stati creati canali che vi portano le acque del Nilo e le distribuiscono nei quartieri mediante condutture sotterranee, speciali pompe, grandi cisterne e acquedotti, fino all'isola di Faro.

Alessandria non è l'Egitto. Alessandria è greca, o per meglio dire macedone. Gli Elleni si erano già stabiliti qui da secoli, contadini costretti a lasciare terre avare, mercanti attirati dalla speranza di buoni commerci e soldati che servivano come mercenari negli eserciti del Faraone; cosí numerosi da fondare un emporio a Naucrati, e avere un loro proprio quartiere nell'antica capitale del regno, Menfi. A loro probabilmente si devono le informazioni gustose che Erodoto ha raccolto nelle sue storie. Altri Elleni sono arrivati con Tolomeo I, che ha assegnato loro i posti di comando nell'amministrazione. Sono essi a governare la raccolta delle tasse, l'agricoltura, le attività artigiane, le miniere e i commerci.

Gli Elleni non sono molto numerosi. Sapendo di essere nel rapporto di uno a sette con gli Egizi, Tolomeo ha ripristinato i culti degli antichi dèi, soppressi dagli invasori persiani, e ha stretto un patto con i sacerdoti, anche se li ha privati di molti degli antichi privilegi e delle smisurate ricchezze. Il sacerdozio non è piú l'affare lucroso che era, ma una magistratura come le altre, a carica annuale.

I discendenti di Tolomeo hanno imparato da lui a comportarsi come gli equilibristi del circo: qui danno, là tolgono, ma sempre volgono a proprio vantaggio le ricchezze del Paese. Per meglio evidenziare la loro natura divina, hanno aggiunto ai propri nomi una serie di attributi, e di volta in volta si sono chiamati Invitto, Giusto, Benefattore, Opportuno, Tempestivo, Pio, Fondatore... Ci ha poi pensato la plebe ad affibbiargli nomignoli, come Flautista o Pancione.

I Tolomei, che a Palazzo vestono al modo macedone, si sono fatti ritrarre come gli antichi Faraoni, con le stesse pose, le braccia rigide lungo il corpo, le parrucche, la barba posticcia, la corona bicolore che simboleggia i due regni, i simboli del potere. Accanto ai templi d'impronta greca hanno promosso la costruzione di quelli del vecchio stile, i piccoli templi che sembrano case, gli imponenti edifici ad alte colonne, con i viali d'accesso costellati di sfingi e di animali sacri accosciati. Allo stesso modo, gli dèi egizi, greci e romani si sono sovrapposti e ibridati. È stato detto che gli antichi dèi degli Elleni venivano dall'Egitto, e qui sono ritornati. I culti di Iside si sono fusi con quelli di Demetra, Zeus e Ammon si assomigliano, Hermes è diventato Thot, Afrodite corrisponde a Hathor.

Gli Egizi di casta superiore talvolta chiamano i loro dèi con nomi greci perché vogliono far parte d'una classe istruita. Tolomeo ha creato un nuovo dio, Serapis, alleanza mistica d'una divinità greca e una egizia, e lo ha messo a protezione della città. Tuttavia la dea piú amata resta Iside, la dispensatrice di vita e di bontà, la gioiosa, la salvatrice, l'onnipotente, la legislatrice, la lunare, l'immensa, la regina, la santa, la conduttrice delle Muse, la guerriera, l'amore degli dèi, l'ammiraglia, la nata senza padre, la dea dalle multiple forme.

Una sua statuetta colorata tiene compagnia alle mie notti. Non manco mai di dedicarle piccole ghirlande di fiori che crescono in giardino. Da quando giaccio con lei le mie notti sono diventate serene.

Avevo chiesto a Iside la grazia d'un figlio che perpetui in se medesimo il ricordo di me, ed essa mi ha accontentato. Artemidoro di Efeso vivrà nel giovane Stazio e nei suoi discendenti.

Il ragazzo ha avuto la delicatezza di avvertirmi con un sorriso che i miei veri figli sono i libri che ho scritto. Ma non c'è libro che valga l'amore di un figlio come Stazio.

Alessandria non è né greca né egizia. È diventata la capitale del mondo, come voleva Tolomeo. Qui convengono siriani, persiani, indiani, arabi, nubiani, cilici, battriani, sciti, italici, romani, libici ed ebrei. Egizi e Giudei abitano quartieri loro; gli altri si arrangiano fuori dalla cinta delle mura. La diversità delle lingue e dei costumi non è di intralcio alla loro convivenza. Sentirli e vederli pregare in tante lingue diverse mi dà speranza.

Eccomi dunque al Mouseion. Qui vengono ospitati i sapienti d'ogni disciplina, letterati, matematici, astronomi, fisici, geografi, medici, filosofi, affinché vi possano condurre le loro attività senz'obbligo di insegnamento. Essi hanno a disposizione quel che può agevolare le loro fatiche: stanze di soggiorno, portici coperti, giardini e passeggiate, un'esedra per il ritrovo e la conversazione, il refettorio per i pasti in comune, templi, fontane e laghetti in cui crescono i simboli stessi della trasmissione del sapere, i papiri. Godono, beninteso, di un accesso privilegiato alla vicina Biblioteca.

La prima notte non ho dormito. Pensavo ai grandi spiriti che mi avevano preceduto. Il divino Euclide scrisse tra queste mura, forse in questa stessa stanza, i tredici libri dei suoi *Elementi*, in cui il rigore della dimostrazione si assomma all'eleganza cristallina della formulazione. Stratone di Lampsaco, successore di Teofrasto, ha trasformato il Liceo da filosofico in scientifico, persuaso come io sono che i processi naturali debbano essere spiegati con cause naturali. Ctesibio, genio non speculativo ma pratico, ha inventato congegni che sfruttano l'aria compressa, la pompa da incendio, l'organo idraulico e il primo orologio di precisione ad acqua. Archimede, prodigio della geometria solida e della meccanica, ha dato misure alle sfere, ai cilindri e ai coni. Ha donato agli Egizi la vite perpetua, che imita le spire del guscio delle chiocciole, ed è usata nelle macchine agricole e per il sollevamento delle acque.

Duecento anni fa diresse la Biblioteca il maestro di Tolomeo IV e di noi geografi, Eratostene da Cirene. A lui riuscí di misurare in 252 000 stadi[27] la circonferenza terrestre basando i suoi calcoli sui differenti angoli che fa l'ombra cadendo a perpendicolo su Alessandria e su Syene[28], che si trovano allineate sulla stessa linea da nord a sud. Egli ha anche discusso i fondamenti geometrici necessari per disegnare le carte; e ritengo oltraggioso per la scienza, prima ancora che per lui, che qualcuno l'abbia chiamato maliziosamente il Beta, il Secondo, perché avendo trattato troppe discipline, dal teatro alla mitografia, dalla cronologia alla matematica, non avrebbe raggiunto l'eccellenza in alcuna. Infine Aristarco di Samo ha posto audacemente il sole al centro del nostro sistema di pianeti.

Vivere in compagnia dei sapienti non è piú agevole che vivere con uomini dalle conoscenze scarse o nulle. Diffidenza e invidia regnano anche tra costoro. Le accoglienze sono state fintamente cordiali; per settimane e mesi mi sono sentito osservato. Spiavano le mie mosse, attendendo che mi tradissi in qualche modo. Sin dai primi giorni, Clitarco di Mitilene, filosofo, ha osservato acidamente che altre sono state le età dell'oro del Mouseion; e alludeva alle ombre magnanime che avevano agitato la mia prima notte alessandrina. I comportamenti riprovevoli degli ultimi Tolomei, ha detto, hanno fatto fuggire molti sofisti; l'incertezza procurata dalle sanguinose lotte di palazzo ha concorso a tener lontani i migliori, e a noi non resta che rassegnarci a un'età di decadenza che non ci consentirà di trovare posto nella memoria dei posteri. Gli ho chiesto dove

[27] Circa 45 000 chilometri.

[28] L'odierna Assuan.

sono quei migliori, in quale felice paese vivono, visto che non li conosco; mi sono permesso di ricordargli che ogni generazione è convinta di essere inferiore a quelle che l'hanno preceduta. Il passato è sempre migliore dell'oggi, questo è il regalo che ci fa la nostra memoria, benevolmente faziosa. Clitarco si è allontanato scuotendo la testa.

In refettorio, letterati e scienziati mangiano separati e si guardano senza simpatia. È già tanto se dall'uno e dall'altro gruppo non si levano dei motteggi e ognuno tiene per sé quello che pensa. I letterati sono convinti che gli scienziati siano gente arida, incapace di pensieri profondi, insensibile al Bello, e dedita a cose materiali e occupazioni servili che potrebbero essere lasciate agli schiavi. Gli scienziati pensano che i letterati siano dei servi e dei saltimbanchi, pronti a prostituire la loro arte inutile e menzognera per poca moneta. In effetti i letterati sono ciarlieri, inclini a parlare di sé e a fornire su ordinazione versi adulatori, per solito di modestissima fattura. Qualcuno li ha definiti «scribacchini libreschi che si beccano eternamente nella voliera delle Muse».

I poeti si compiacciono d'essere unici e speciali, e amano citare i versi di Callimaco per evidenziare il loro orgoglioso isolamento dalla plebe: «Non traggo alcun piacere dalle strade che portano le moltitudini qua e là». O ancora: «Cantiamo tra quanti amano il timbro chiaro delle cicale, non i clamori degli asini». Per questo motivo provano a impressionarci con parole rare e complicate, citando autori ignoti che soltanto loro conoscono, dilettandosi di allusioni dotte. Volendo meravigliarci, destano la nostra avversione e si rendono ridicoli. Mi chiedo come mai a corte non se ne accorgano. Non c'è lusinga anche manifestamente bugiarda che non colpisca il bersaglio.

Per contro gli uomini di sapere esatto lamentano a bassa voce tra di loro che i sovrani non apprezzano come meritano le loro ingegnose invenzioni, che pure opportunamente sfruttate sarebbero in grado di rendere loro grandi servigi, far prosperare l'economia, vincere le guerre. Dicono che i sovrani si occupano troppo di procurarsi il favore della plebe con feste e giochi, invece di fare qualcosa di utile per i loro sudditi. Tuttavia non osano dire quello che pensano ai padroni che li stipendiano.

Letterati o scienziati, siamo tutti obbligati a simulare una virtú di cui in cuor nostro faremmo a meno. I nostri simposi sono severi, e siamo soliti condire il nostro pane con silenzi imbarazzanti; né osiamo dire a noi stessi che li vorremmo allietati da quelle mollezze, la buona musica dei flautisti, le facili grazie delle etère, la disponibilità di adolescenti dalle belle forme che allietano i banchetti degli altri.

La città è lontana. Se Alessandria non è l'Egitto, il Mouseion e la Biblioteca non sono Alessandria. È lontano anche il Palazzo di cui facciamo parte. Siamo regolarmente invitati a feste musicali in cui vengono suonati strumenti mai visti, arpe, cetre, flauti e tamburi che giungono dalle Indie. Non meno eccellenti sono i raffinati spettacoli teatrali. Il sovrano ci attesta una benevolenza formale, distratta, e non è difficile comprendere che i suoi veri pensieri volano altrove. Quanto a noi, è chiaro che non lo amiamo, e ci limitiamo a temerne gli umori bizzosi.

Mi sono presto pentito delle parole dure che ho avuto con Clitarco. Da allora ho preferito tenere un contegno prudente. Chi fa ricerca è bene che si tenga distante dalla politica, e non si schieri con questa o quella fazione. Queste scelte naturalmente hanno un costo.

Il mio atteggiamento riservato non ha fatto certo prendere in considerazione il mio nome per la direzione della Biblioteca, di cui mi sentivo degno e a cui in tutta sincerità aspiravo. Non ne sono pentito. Meglio la prudenza che un eccesso di encomi, assai pericoloso in tempi in cui i re vengono facilmente abbattuti da congiure che scoppiano improvvise come epidemie. Buon per Teocrito poeta siracusano, che non ha dovuto pagare gli eccessi cui si è abbandonato elogiando le benemerenze di Tolomeo II verso chi è «abile a levare la voce in canti melodiosi».

Con i pochi amici con cui mi sono legato ho preferito tenere il discorso su questioni dottamente impersonali, senza mai rivelare i segreti del mio animo. Non ho avuto difficoltà a unirmi ad alcuni filosofi non piú giovani che si lamentavano della nuova moda neoplatonica, troppo incline a coniugarsi con riti e credenze ambigue, sanguinosi riti misterici provenienti dall'Oriente, pratiche di indicibile abiezione che vanno ben oltre le magie di cui sono intessute molte credenze a uso degli sciocchi.

Tutti insieme, nel fresco ventilato dei giardini, e compiacendoci delle nostre malinconiche parole, abbiamo levato un compianto sulle epoche in cui la speculazione era un esercizio rigoroso che aveva come solo premio se stesso. La fioca luce delle lucerne disegnava sui nostri volti ombre che li facevano assomigliare alle maschere della tragedia.

Mi vergognavo un poco di questi sterili esercizi di nostalgia, e me ne rimproveravo l'inutilità. Mi dicevo che era meglio tentare vie nuove ed errate, invece di isterilirsi nella manutenzione delle vecchie e giuste. Mi dicevo che era tempo di tornare a navigare. Poi i reumatismi, contratti in tanti anni di mare, mi spingevano a bussare alla porta dei colleghi medici per impetrare una qualche ricetta miracolosa. Sapevo benissimo che non sarebbe servita a nulla.

Resta vero che in Alessandria certe religioni improvvisate e pittoresche vengono vendute per strada da turbe di indovini scarmigliati, avvolti in palandrane assire, come fossero amuleti accozzati da schiavi persiani, ciambelle troppo dolci e vini di bassa qualità, di quelli che vanno presto alla testa. Le chiamo tra me e me le religioni della pozione avvelenata: filtri magici che favoriscono l'abbandono di sé, e propiziano viaggi troppo brevi – sempre piú brevi, come è proprio d'ogni facile droga – che ti trascinano fuori dal mondo per lasciarti piú stordito e confuso di prima. Oggi non si consuma altro. Eppure, almeno di notte, la Città si gode le sue libagioni, i suoi canti, i suoi accoppiamenti frettolosi, le promesse d'un domani propizio.

Anche i sapienti arrivati da poco al Mouseion vengono condotti a vedere i sacerdoti che nutrono i coccodrilli sacri, grande attrazione del luogo, insieme a quella celeberrima del sobborgo di Necropolis, che ospita i laboratori per l'imbalsamazione dei cadaveri. Il flusso dei visitatori d'ogni paese è superiore a quello degli stessi parenti e amici dei defunti.

Gli addetti che presiedono alla procedura (ma li si dovrebbe dire artisti o scultori) sanno di essere osservati, e ostentano l'aria altera e un poco annoiata degli attori famosi. Sono tutti rasati, e avvolti dal solo perizoma. Mettono nei loro gesti una cerimonialità studiata, piena di sussiego, che a me è riuscita fastidiosa. Alle pareti stanno le rastrelliere con gli attrezzi, coltelli di varia foggia, uncini, spatole; in una stanza apposita ci sono i depositi di salnitro scintillante, in un'altra le bende di lino ordinate in grosse balle. Ben spaziati gli uni dagli altri stanno i tavoli di lavoro, e piú oltre ancora le vasche in cui i corpi, dopo aver ricevuto i trattamenti prescritti, quali l'asportazione del cervello e delle viscere, stanno immersi in una soluzione salata per almeno un mese.

Al termine del trattamento, l'uomo e il coccodrillo sono sorprendentemente simili, assomigliano a pesci essiccati. Meglio il fuoco, l'acqua, mi dico, che questa vita minerale. Ho chiesto a Stazio di farmi seppellire in mare, in totale nudità, nel punto medesimo in cui la luce del Faro non arriva piú, malgrado il grande specchio di bronzo. Nell'ultimo punto in cui i marinai conoscono la disperazione, prima della salvezza.

È giunta l'ora di lasciare Alessandria, i conforti del Mouseion, la benevolenza ipocrita della corte, la compagnia dei dotti, la premurosa devozione degli schiavi, la freschezza dei giardini. Mi aspetta l'Egitto, il vero Egitto dei contadini e del dio fiume, immobile e sempre eguale a se medesimo.

Il primo cambiamento è quello del colore. Appena fuori delle mura, i marmi delle nobili costruzioni cittadine e dei colonnati cedono il posto a poveri agglomerati di case di mattoni e di fango, a muretti a secco che corrono come ubriachi per la campagna senza sapere dove andare. È quello della terra, il vero colore d'Egitto. Lo associo all'odore acuto del fango fresco e al ronzio delle mosche.

Il tempo è quello lungo dei gesti della fatica, è il passo cadenzato degli asini che muovono i pozzi e le pompe a contrappeso che sollevano l'acqua del fiume sino al punto desiderato. È il corso lento delle acque imbrigliate.

Erodoto aveva descritto argutamente l'Egitto come un mondo all'incontrario, di cui è difficile non sorridere, come di tutto quello che non rientra nelle nostre abitudini. Le donne che orinano diritte, gli uomini accovacciati. Gli uni e gli altri che fanno i bisogni in casa e mangiano fuori, per le strade, perché, spiegano, bisogna fare di nascosto le cose vergognose ma necessarie, e fare all'aperto quelle non vergognose. I sacerdoti che altrove portano i capelli lunghi, e lí se li rasano. Gli altri uomini che vivono separati dagli animali, gli Egizi che vivono in comune con essi...

Ritrovo talune di queste usanze, ma non mi muovono allo stupore e al sorriso, come mi poteva capitare nel chiuso delle biblioteche. La vita vera ha necessità e ragioni che la scrittura non riesce a percepire.

L'Egitto vero è quello che ho davanti agli occhi. Provo una pena dolorosa e amorosa per gli uomini scuri che hanno preso il colore della creta e delle bestie, bestie essi stessi; per i loro nasi pronunciati, per le croste delle loro cicatrici, per i bambini pidocchiosi che li aiutano, per le donne che pestano con forza nei pestelli, spianano focacce o stendono poveri bucati. È figlia loro la bellezza del tappeto ondeggiante del grano e dell'orzo, che sotto la brezza ha la gentilezza del piumaggio dei papiri.

Mi vergogno dei miei agi di viaggiatore in regio servizio. Mi volto per vedere se alle mie spalle sopraggiungano esattori mandati da un nuovo sovrano anche peggiore del vecchio. Ad ogni crisi aumenta il numero dei fuggitivi che abbandonano case, lavoro e debiti, spariscono nelle terre incolte, si radunano in bande e diventano briganti. Quando vengono catturati, le loro teste seccano infisse sulle palizzate dei villaggi, ma il macabro avvertimento non impedisce nuove fughe.

Pochi di essi lavorano una terra propria. I piú affittano le terre del sovrano o dei templi; i terreni piú fertili vengono appaltati ai migliori offerenti, che poi subaffittano a lavoranti che per raggiungere i poderi devono percorrere anche cinquanta stadi al giorno.

Piú oltre, nei monti della Nubia, vedrò la fatica ancora piú disumana di schiavi cacciati a scavare e morire come talpe cieche nelle miniere d'oro dei sovrani, sferzati a sangue dai sorveglianti. Scriverò tutto questo nelle mie relazioni, ma quanti secoli dovranno passare prima che le ferocia dell'uomo sull'uomo sia debellata?

Se vuoi conoscere fin dove sono arrivati gli uomini, e quali sono stati i loro rapporti, hai davanti a te due strade regie, Stazio. La prima è quella delle parole, che i viaggiatori lasciano cadere senza saperlo durante il loro cammino. Le parole finiscono a terra come semi, nascono, si sviluppano, diventano piante di quel paese, ma conservano la memoria del paese da cui provengono.

La seconda sono i culti religiosi. Che cosa si siano scambiati nella notte dei millenni Egizi ed Elleni lo puoi capire anche nei culti di Eracle o di Dioniso, che onorano portando in giro statue alte circa un cubito dal grande membro virile che si alza e abbassa per mezzo di fili. È giunta fin qui anche la mia Artemide lunare, celebrata nella città di Bubastis, ma è diventata altra cosa. Uomini e donne convergono in gran numero su barche, suonando crotali e flauti, cantando e ballando, percuotendosi, inebriandosi di vino tutta la notte, alla luce della lucerne, tanto che la festa è detta «delle lucerne che ardono», e si conclude con cruente battaglie rituali.

Essi cadono sfiniti, mentre io voglio pensarti con lucida mente lunare, Artemide.

C'è chi sostiene che è vero l'inverso, che Artemide è giunta dall'Egitto, basta vedere la sua statua in legno dalle molte mammelle che si venera a Efeso: è rigida come le statue dei faraoni, le mani distese lungo i fianchi. Non è una dea ellenica.

Noi crediamo di potere plasmare la Natura con le nostre opere modeste, ed è la Natura a plasmarci, a cambiarci. La stessa persona è diversa sotto cieli diversi. L'Artemidoro di Roma ha poco in comune con l'Artemidoro che osserva con religioso stupore la piena del Nilo, «il sudore di Osiride», come viene poeticamente chiamata.

Immagina un fiume che lentamente diventa mare, sommerge le rive e per cento giorni circonda villaggi, templi e palazzi diventati isole, raggiungibili soltanto con la barca. Immagina la solennità dell'evento, la festa di un arrivo che è promessa di fecondità, i doni resi al dio fiume per i portenti che genera.

Le vere cause delle piene sono uno dei misteri su cui ci si interroga sin da quando gli uomini hanno le loro storie nell'incerta navicella della scrittura. Finora nessuno ha potuto dare spiegazioni convincenti. Sostiene Callistene che la ricchezza delle acque si debba alle piogge abbondanti d'Etiopia, dove il grande fiume ha nascita; altri autori parlano di acque sotterranee come di una riserva che nei momenti opportuni affiora alla superficie, e porta lontano i suoi benefici. Tra le ipotesi avanzate c'è quella che il fiume sia alimentato da neve disciolta, ma Erodoto la rigetta con fermezza: come può essere alimentato dalla neve un fiume che scorre da zone caldissime verso altre piú temperate? Bisognerebbe supporre la presenza di monti altissimi e ghiacciati in zone che sono travagliate da un caldo insostenibile.

Ci vogliono sessanta giorni di cammello per andare da Alessandria a Syene, quindici per battello, se tutto va bene. Ho cercato anch'io di risalire il fiume là dove comincia il territorio dei Trogloditi e degli Etiopi. La contrada è scoscesa, e la corrente si fa impetuosa, spesso il fiume non piú navigabile; la barca dovebbe essere tirata dai buoi su rive impervie. Si dice che occorrano altri quattro mesi di marcia e navigazione per percorrere il Nilo non egiziano, ma le spedizioni che si sono avventurate nel regno delle sabbie, delle belve, dell'aridità, delle paludi abitate da uomini neri, non sono tornate. Cerco guide e portatori. Nessuno ha voglia di seguirmi.

Mi sono trattenuto a Elefantina diverse settimane, contrariato dalle difficoltà e attratto dalla voragine dell'ignoto che si apriva davanti a me. Sentivo la voluttà di sprofondare nel Nulla che mi chiamava, mi chiedevo se i culti misterici promettano qualcosa di simile, le gioie del ritorno nel grande utero originario, acqua con le acque, terra con la terra. Mi immaginavo divorato dai Trogloditi.

Poi ho capito che insistere nella sfida, contro ogni presagio, era un gesto d'orgoglio insensato, fine a se stesso. Quello che mi tentava non era piú desiderio di sapere, ma la stessa cieca vanità che spinge ogni sovrano a erigere monumenti piú grandi di quelli eretti da chi lo ha proceduto.

Forse questo è il modo con cui le civiltà progrediscono. Davanti alle acque del Nilo che a Elefantina prendevano a increspasi e a correre piú forte ho capito che è stolto affrontare forze piú grandi di noi per brama d'una gloria che morirà con noi. Prendere le misure di quello che già è in nostro possesso è forse piú importante del tentativo di prendere le misure di quello che non ne ha.

Combattuto tra questi sentimenti di resa e di sfida ho ripreso il battello che sarebbe disceso fino al mare. È stato il viaggio piú bello della mia vita.

Lasciandomi trascinare dalle maestose acque senza tempo, mi è venuto di pensare al futuro. Ho ricordato un pensiero di Erodoto. Egli si diverte a immaginare che cosa potrebbe capitare se il Nilo, «un fiume tanto grande e attivo», con la sua terra melmosa sviasse capricciosamente la sua corrente verso il golfo arabico. Finirebbe per interrarlo nel giro di ventimila anni, come dicono alcuni, ma secondo lui basterebbero anche diecimila anni.

Erodoto ha la forza di immaginare quello che potrebbe avvenire tra diecimila anni, lui che si dichiara quasi sgomento del fatto che c'erano stati ben trecento sovrani egizi prima di lui, con la loro teoria di statue tutte eguali, di colonne che si ripetono, di templi adorni delle stesse divinità animali.

È questa la grandezza che cercavo, la sfida concettuale che ci fa misurare i millenni senza tremare. Sento di avere in me la pazienza d'osservare il Nilo riempire lentamente il golfo arabico, piena dopo piena, per diecimila anni.

Approdo al porticciolo di Kybotos allegro come non mi capitava da anni. Stazio osserva contento che il lungo viaggio mi ha fatto bene, che sono perfino ringiovanito.

Sugli animali.

Nel rapporto quasi intimo che gli Egizi intrattengono con gli animali ho ritrovato le memorie familiari della fattoria paterna. Gli animali ci sono compagni nel nostro breve tragitto sulla Terra, e come tali debbono essere rispettati e financo amati. Non condivido il pensiero degli Stoici, secondo i quali animali e piante sono stati creati in funzione dell'uomo: in tal caso non si darebbe spiegazione dell'esistenza di animali nocivi, quali i serpenti, i topi e le fiere.

Gli Stoici ammettono il consumo della carne, ma io mi sento piú vicino ai Pitagorici, a Empedocle e Teofrasto che si dichiarano vegetariani, anche se non sempre applico rigorosamente i loro principî. Gli animali ci forniscono numerosi esempi di virtú, ma raramente impariamo la lezione di cui parlano Aristotele e altri illustri studiosi. Sappiamo che i delfini sono dotati di grande pietas, in particolare verso i morti, e si comportano assai meglio degli Ateniesi, i quali lasciarono insepolto il loro benemerito concittadino Focione. Della tenera amicizia di un delfino e di un ragazzo parla Leonida di Bisanzio nel suo trattato sui pesci.

Per l'attaccamento alla prole si distinguono gli elefanti, per fedeltà e mutuo amore i colombi, le cornacchie, il pesce glauco. Cicogne, leoni, gruccioni e alcioni danno prova di affetto verso i genitori, oche e cervi di temperanza nel cibo. Rettitudine e mitezza si possono osservare nelle api e nel loro re: esse non tollerano l'infingardaggine, e chi non lavora viene cacciato, perché danneggia quella società virtuosa. Le formiche costruiscono labirinti in grado di rivaleggiare con quelli dei Cretesi. Le folaghe hanno in orrore l'adulterio, e i cammelli tengono in tale pregio il pudore che si racconta d'uno di loro che, avendo involontariamente commesso incesto con la propria madre per colpa dell'allevatore, si vendicò uccidendolo. In generale, quando parliamo di riproduzione gli animali sono piú moderati e casti degli uomini. Siamo soliti riprovare l'ingordigia dei cani e l'accanimento con cui si disputano un osso, ma cos'altro hanno fatto Paride e Menelao disputandosi Elena fino a provocare una guerra decennale? Che cosa hanno fatto i Tolomei massacrandosi all'interno della loro stessa famiglia?

Anche nel campo della medicina gli animali ci sono maestri: l'elefante conosce i rimedi contro le malattie meglio dei medici, e l'ibis suggerisce all'uomo l'uso di clisteri e purganti. Gli stessi serpenti sono utili perché il loro veleno può essere usato in medicina, e in ogni caso restano meno malvagi di Medea e Circe, che praticavano le arti della stregoneria.

Per mio piacere, ho redatto un catalogo degli animali che vengono adorati in Egitto con i nomi piú svariati. Essi sono l'ariete, l'avvoltoio, il coccodrillo Sobek, il falcone Horus, «l'unghiuto», «colui che stende le ali» e viaggia nella barca solare; l'airone, l'ibis, la gatta, l'icneumone, la iena striata dalle orecchie rosse, l'ippopotama, il leone «dallo sguardo feroce», il gattopardo, il lupo, il cane o sciacallo, «quello che sta sul suo ventre»; l'oca, la rondine, il toporagno d'acqua, il toro, «il fecondatore»; il vitello, la vacca bianca, «la piú eccelsa dei bovini»; la lepre, lo scorpione, l'aspide, la rana. Tra i pesci, il delfino, il barbio, il pesce persico, il siluro.

Le necropoli ospitano a decine, a centinaia mummie di coccodrilli anche infanti; in egual numero anfore in cui sono preservati gli ibis dalle zampe di gru e dal becco adunco.

A Tebe esistono anche piccoli serpenti sacri non velenosi. Purtroppo essi non godono di uno speciale statuto, perché vengono mangiati dagli ibis.

C'è poi un uccello sacro che nessuno ha visto e compare solo nelle pitture: si chiama fenice, ha le fattezze di un'aquila, piume dorate o rosse; e si dice si renda visibile ogni cinquecento anni.

Gli animali sono le creazioni splendide degli dèi, ma non sono gli dèi. Sono d'accordo con i Romani, quando dichiarano di non capire come gli Egizi possano adorare gli animali come dèi, e si rifiutano di praticare i loro riti. Gli animali posseggono la dignità, persino la maestosità che è propria della vita naturale. In loro si può cogliere il soffio potente che li ha creati, l'ingegno del Protocostruttore che ha dato ali agli uccelli, branchie e pinne ai pesci, agilità alle gazzelle e forza al leone. Il timone delle nostre navi è costruito a imitazione della coda dei pesci, i ragni sono tessitori eccelsi; osservando con attenzione gli animali noi possiamo migliorare le nostre tecniche. Questa commistione di vita umana e animale mi sembra aggiungere agli uomini senza togliere agli animali; aumentarli invece di diminuirli.

Nel mio soggiorno ad Alessandria, pur senza praticare culti specifici, ho sentito la presenza di questi animali come influsso benefico. Come dice Eraclito a proposito della Natura e degli animali: «Entrate, che anche qui sono gli dèi».

Non lontano da Efeso, a Mileto, quattrocentocinquanta anni fa Anassimandro ha fondato la scuola che ha fatto passare il sapere dal mito alla scienza. Anassimandro ha guardato il cielo per meglio osservare i fenomeni terrestri. Ha studiato i tropici e gli equinozi, l'inclinazione dello zodiaco, le eclissi, il sorgere e tramontare delle costellazioni. Ma a mio avviso la scoperta piú emozionante l'ha fatta studiando i contrari, il caldo e il freddo, l'umido e l'asciutto, che sono la sostanza immutabile del mondo. Tuttavia questa immutabilità è capace di produrre grandi mutamenti. Anassimandro sostiene che l'uomo è proceduto nel corso del tempo da forme animali inferiori e antecedenti, cosí come la farfalla si sviluppa dalla larva.

Nel momento stesso in cui questo pensiero è entrato nella mia mente, ho sentito nella schiena il brivido che si accompagna alle rivelazioni che sento vere con tutto il corpo, prima ancora che la ragione possa valutarle correttamente.

Forse è anche per questo che mi trovo cosí a mio agio in mezzo agli animali, siano essi sacri o no, che vivono in sacra dimestichezza con gli Egizi.

A proposito degli dèi e delle cause prime.

I fenomeni naturali sono generati da cause intrinseche, che ci è possibile indagare con attento scrupolo e buona volontà, e forse un giorno giungeremo a comprendere per esteso. Noi siamo convinti che essi dipendano dalla volontà degli dèi, ma sono giunto a credere che obbediscano a leggi proprie. Non desidero essere tacciato d'empietà, e adempio i miei doveri religiosi con i doni votivi, i sacrifici, le preghiere, le libagioni richieste. Tuttavia, avverto queste pratiche come un rito ripetuto meccanicamente, con il quale l'uomo cerca di calmare le paure elementari che lo accompagnano. Doni e sacrifici sono un'illusione necessaria. Dopo avere adempiuto ai doveri richiesti ci sentiamo piú tranquilli. Tuttavia da tempo sono convinto che la Natura obbedisca a un suo recondito disegno d'armonia e d'equilibrio, di cui fanno parte anche gli eventi estremi, i terremoti come le tempeste, gli eccessi dell'aria, delle acque e del fuoco.

La Natura ama abbandonarsi a ogni genere d'eccesso, ma ad ogni evento estremo subentra un fenomeno di segno opposto, che lo pareggia e ripristina l'equilibrio originale. Se dovessi trovare un'immagine per rappresentare la Natura, che tante pene e meraviglie ci porta, indicherei la bilancia. La sua è una concordia discorde, che richiede d'essere valutata su tempi lunghi, che non sono quelli umani.

Secondo Posidonio, il mondo finirà con un'alluvione. Nato dal fuoco, terminerà con l'acqua. I flutti che lo sommergeranno ripeteranno l'altra grande alluvione di cui gli antichi ci hanno consegnato la memoria; e tuttavia essi mi sembrano preferibili al fuoco. Mi appaiono come un ritorno alle acque materne che per nove mesi hanno costituito il nostro piccolo mare senza tempeste né agguati.

Inclino a credere che le alluvioni si alterneranno alle eruzioni, e che la danza dell'acqua e del fuoco non avrà mai fine. Noi siamo parte di questo ininterrotto divenire, sempre eguale e sempre diverso, come è sempre diversa l'acqua del Caistro in cui mi immergevo bambino a caccia di gamberi.

Il momento piú emozionante dei viaggi sulle navi mercantili, rotonde e panciute come galline, erano le notti di mare calmo, quando potevo allungarmi sulla tolda. Sentivo i marinai russare sottocoperta; il pilota stava aggrappato alla barra del timone che si univa a lui nell'abbraccio pesante degli amanti. Il mare nero della notte ha un suo fascino ipnotico, ma tutti e due guardavamo in alto, lui per i doveri del suo ufficio, dovendo rispettare la rotta prefissata, io per i piaceri delle mie cogitazioni.

Cosí sdraiato, la volta celeste mi si offriva in tutta la sua immensità. Guardando i movimenti delle stelle ho capito che gli dèi andavano cercati lassú, non nei boschi, nei monti e nemmeno nei mari della nostra piccola Terra. Sin da quando ero ragazzo ho pensato che essi restano immensamente distanti e accuratamente nascosti, e non hanno alcuna intenzione di rivelarsi a noi, anche se il mito è pieno di racconti di dèi dispettosi, iracondi e lussuriosi che vivono in mezzo a noi come un qualunque satrapo.

Questo pensiero mi dava al tempo stesso spavento e pace. Erano cosí distanti da non potersi occupare di noi, dei nostri piccoli traffici, delle miserabili risse quotidiane in cui cerchiamo di strapparci qualche pezzetto di potere o di ricchezza, come gli sciacalli si contendono ringhiando le spoglie dell'animale abbattuto.

Anch'io ho chiesto d'essere condotto a dorso d'asino ad ammirare le piramidi immense che i Faraoni hanno costruito. Anch'io, giunto al loro cospetto e smontato dalla mia cavalcatura, mi sono tolto il copricapo in segno di deferenza. Ho fatto il gesto di lavarmi le mani con acqua lustrale. Volevo mondarmi di ogni impurità, come fa ogni buon credente, prima d'essere ammesso al cospetto del dio.

Le parole mi si erano seccate in bocca. Avvolto dal ronzio delle mosche, scuotevo lentamente la testa. Non mi rassegnavo ad accettare quella visione, che mi attestava la divina follia degli uomini, prima ancora che il loro rispetto per gli dèi.

I miei accompagnatori, accanto a me, trafficavano con le bisacce dell'acqua e aggiustavano le corregge degli animali. Non sembravano turbati o commossi. Pensavano alle loro stalle, ai loro pollai, ai loro maiali. Accade che le imprese piú memorabili diventino abitudine e noia.

Appena ripreso dallo sbigottimento, ho cominciato a pormi domande d'ingegneria. Cercavo di calcolare mentalmente il numero dei blocchi di pietra che erano stati necessari per costruire la piramide, le loro dimensioni, il loro peso. Conoscevo le tecniche con cui erano state issate fino alla cima, e mi chiedevo quanto tempo avesse preso la costruzione. Il piacere del calcolo era perfino piú forte della essenziale bellezza dell'immenso manufatto.

Il sole volgeva al tramonto, e sull'orizzonte che si

tingeva debolmente di celeste e grigio sono cominciate a salire le stelle. La brezza che giungeva dal deserto agitava le tuniche incollate dal sudore sui nostri corpi. Ho immaginato gli dèi placidamente affacciati alle loro ringhiere celesti. Guardavano in giú, con la placida soddisfazione di chi ha concluso una giornata di lavoro, ed è contento di quello che ha fatto. Dall'alto, le piramidi devono sembrare non piú grandi dei mucchietti di terra riccioluta che le talpe accumulano all'esterno delle loro gallerie, e che segnalano la loro presenza.

Abbiamo la supponenza di credere che gli dèi si interessino ai nostri poveri casi, che anzi vogliano commerciare con noi come farebbe qualsiasi piccolo funzionario, accettando i nostri doni, le nostre offerte votive, buoi, capretti, incensi votivi, fiori, frutta, ghirlande. Cerchiamo di corromperli, come facciamo quaggiú con le guardie o con i regi esattori del fisco. Ho la presunzione di credere che gli dèi non sono mercanti, con i quali possiamo discutere un prezzo, e realizzare condizioni vantaggiose se siamo bravi a trattare. Abbassare gli dèi al nostro livello mi sembra una bestemmia. Già Platone aveva espresso mirabilmente un concetto del genere.

Riservo la mia devozione agli esseri inconoscibili che dimorano oltre le stelle lucenti, e di lassú ci guardano con curiosità, o piú probabilmente con pietà. Una notte, all'altezza delle coste da cui si dipartono i monti Pirenei, li ho immaginati nel loro laboratorio, intenti a provare nuovi congegni, ruote dentate a noi invisibili, meccanismi possenti che non sono fatti di ferro o di legno ma di luce, o della misteriosa energia che si scatena dal cozzo delle nubi e si manifesta con il fragore dei fulmini.

Essi sperimentano e non si curano di noi. Al massimo possiamo presumere che essi discutano di noi loro creature, di come siamo riusciti in maniera insoddisfacente, cosí come il vasaio considera la pentola che è uscita dal suo tornio; e che litighino rinfacciandosi l'un l'altro la colpa di non averci progettati con cura sufficiente, proprio come fanno gli architetti e gli ingegneri quando un muro crolla o una nave affonda perché la chiglia non ha saputo resistere all'impeto dei marosi.

Retori e filosofi ritengono che il corso degli eventi sia indirizzato dagli dèi, i quali non possono impedire il male che noi facciamo, ma intervengono poi per punire i malvagi. È vero che alcuni personaggi del mito sono stati puniti dagli dèi, ma i castighi loro inflitti non riflettono una superiore giustizia. Mi sembra che gli dèi siano capaci di rancori e vendette assai piú degli stessi uomini con i quali hanno commercio, quasi avessero bisogno di loro. Troppi sono i malvagi che restano impuniti. I racconti degli storici grondano di delitti atroci. Padri contro figli, fratelli contro fratelli. Riserviamo l'odio piú feroce alle persone che piú ci sono vicine.

Per questo lo sguardo dello storico è costretto talvolta a essere quello di chi scrive tragedie. Per questo Erodoto e Polibio sono cosí vicini a Sofocle.

Noi siamo soli e orfani sulla scheggia che chiamiamo Gea e rotea nel cosmo lungo le rotte che i sommi Meccanici hanno disegnato. Tuttavia non dobbiamo dolerci della nostra solitudine e limitatezza. È proprio la nostra condizione di orfani a dare dignità alle nostre modeste imprese, se siamo capaci di portarle a compimento con cuore puro e mente intatta. Se riescono, non dovremo attribuirne il merito ad alcuno. Se falliscono, andranno inscritte nei conti della nostra pochezza.

Parte seconda
Il papiro

Demetrio, il grammateus

(Alessandria, 30 a.C.)

Il lavoro improvvisamente è venuto a mancare. Aristarco, il padrone della bottega di scrittura, ci ha convocato tutti una mattina presto. Era serio in viso e ha detto che doveva fare un discorso. La regina Cleopatra è morta, sono arrivati i Romani, il direttore della Biblioteca, nostro principale committente, è morto anche lui, di crepacuore e spavento. I privati che ci ordinavano copie dei principali autori per loro uso personale sono diventati prudenti. Il futuro è incerto, in grembo a Giove, come si dice, e non promette niente di buono.

Che la regina fosse morta lo sapevamo già e lo ha poi confermato mio padre, funzionario di palazzo, con il volto rigato di lacrime. La regina si è data la morte con il coraggio che ha sempre avuto. La posta in gioco era altissima, ha detto mio padre, era il Mediterraneo, e lei ha perso. Non è stata fortunata. Anche con Cesare non è stata fortunata. Se Cesare non fosse caduto sotto i coltelli dei suoi assassini, la regina avrebbe realizzato tutti i suoi progetti. Avrebbe regnato sul Mediterraneo, come era giusto e come meritava.

Anch'io la amavo, come tutti, e ancora adolescente mi alzavo sulla punta dei piedi per vederla passare sulla sua lettiga, splendida di tutte le insegne e gli ornamenti del potere, il bastone pastorale, il flagello, l'Ureo. Profumava di rose anche a distanza. Non so se profumasse per davvero, onestamente, ma si parlava cosí tanto delle sue rose, di fiori, essenze e profumi, dei petali di cui faceva cospargere le stanze del palazzo, che faceva gettare sugli ospiti, che in buona fede potrei giurare d'averlo sentito con le mie narici, il profumo delle rose della regina.

S'è uccisa facendosi mordere da un serpente, un serpentello qualunque, di quelli che, sacri o no, gli ibis sono soliti mangiarsi con un sol colpo del loro lungo becco ricurvo. Spero che la sua agonia sia stata breve, spero che sia scivolata lentamente nel sonno, ma temo il contrario. Spero che non si sia fatta mordere quel suo bellissimo petto sodo e rotondo che gonfiava le vesti di lino e di seta che faceva venire dal paese dei Sini, a dorso di cammello. Era sottile come lo stelo di un papiro e piena come il bocciolo di un fiore di loto.

Parlavamo spesso di lei, in bottega, di quanto coraggio aveva sempre avuto, sin dalla volta che aveva dovuto raggiungere Cesare arrivato ad Alessandria. Tra lei e Cesare c'erano le truppe di suo fratello che le contendeva il trono, e allora lei s'è fatta trasportare fino al porto su una nave oneraria, poi lí s'è fatta avvolgere in un tappeto, ed è entrata a Palazzo sulla spalle di un portatore nubiano, come una qualsiasi merce pregiata che arrivava dalla Partia. Piú e piú volte ho rappresentato nella mia mente accesa la scena di lei che balza fuori dal tappeto e si presenta flessuosa a Cesare. Piú volte ho immaginato la sorpresa di Cesare e il sorriso vittorioso di lei. Cesare deve averla amata in quello stesso istante. Chiunque l'avrebbe amata. Ci sono gesti che sono per sempre.

È un miracolo che dopo trecento anni la dinastia dei Tolomei, ormai giunta al tramonto – marcia come un fico mangiato dalle vespe, diceva mio padre con una smorfia di pena –, abbia prodotto un fiore come lei.

Penso al suo avo detto il Panciuto, cosí grasso e dissoluto che poteva camminare solo se lo reggevano in due. Penso a suo padre, il dodicesimo dei Tolomei detto Aulete, il Flautista, debole e patetico, che credeva di essere un dio della musica e che, in lotta con la sorella, aveva passato la vita a indebitarsi con i Romani, con i loro finanzieri, pur di riavere il suo regno. S'era fatto prestare cifre che non sarebbe mai riuscito a restituire, nemmeno vendendosi l'intero Egitto, e questo lo sapeva benissimo lui e lo sapevano i Romani. Ha trafficato con Pompeo, s'è fatto ricattare da Cesare e da Crasso; gli Egizi non lo volevano piú. La manutenzione dei canali era stata abbandonata, i campi non rendevano, i contadini scappavano e diventavano briganti. Il Flautista aveva perfino sostituito le monete d'oro con quelle di rame, e rovinato tutti con la svalutazione. Ha fatto perfino avvelenare il filosofo Dione, con tutto che era un buon filosofo, perché era andato a Roma alla testa di una delegazione di Alessandrini per protestare contro le sue nefandezze. Questo era il Flautista, e i complici romani non erano migliori di lui.

Con questi bei modi è riuscito a farsi rimettere sul trono a suon di migliaia di talenti. Gli dèi hanno voluto che quel peto d'asino generasse una figlia di forte carattere e intelligenza come Cleopatra. Per ricompensarlo di quel che ha fatto gli hanno dato una figlia intelligente, brillante e di forte carattere, per nulla molle e debosciata. Spesso le regine dei Tolomei sono state cosí. Arsinoe e Berenice, per esempio.

La regina ha fatto buoni studi con i maestri del Mouseion. Conosceva bene l'attico ateniese e il latino, possedeva talento per le lingue, poteva intrattenersi senza difficoltà con Etiopi, Trogloditi, Ebrei, Arabi, Siri, Medi e Parti, contrariamente ai predecessori, che non parlavano la lingua egizia, e avevano dimenticato anche il greco. Era nera di capelli e pelle olivastra. Le monete che ha fatto incidere non le rendono giustizia. Non aveva il naso semita delle monete. Nelle monete non si vede bene la bocca grande e ben modellata. Guardavo spesso le sue monete e ogni volta mi dicevo che non le assomigliavano per niente, e che lei era bellissima.

Non ha avuto fortuna, questo continuo a ripetermi, sin dai tempi in cui nella lotta tra Cesare e Pompeo aveva puntato su quest'ultimo, mandandogli grano prima che lui fosse sconfitto a Farsalo. Ma aveva diciott'anni, e già doveva lottare con suo fratello spalleggiato dai suoi cortigiani infami, quegli stessi che quando Pompeo cercò riparo in Egitto gli tesero un agguato, gli tagliarono la testa e la mandarono a Cesare. Sono contento che anni dopo Bruto abbia trovato uno dei consiglieri, il retore Teodoto, e l'abbia fatto crocifiggere.

Questi sono i tempi che ci tocca vivere, anche se stiamo chiusi a bottega a copiare antichi testi per lettori raffinati.

A mio padre non piaceva nemmeno Cesare, se debbo essere sincero, e quindi Cesare non piaceva nemmeno a me. Mio padre diceva che era un gran seduttore, un uomo avido di denaro, che non aveva scrupoli e princìpi. Diceva che si faceva depilare, che i suoi soldati lo chiamavano l'adultero calvo, che era esperto di gemme come una donna, e che per via dei suoi ambigui costumi sessuali lo chiamavano «marito di tutte le donne e moglie di tutti gli uomini». In fatto di lingua tagliente i Romani sono anche peggio degli Alessandrini.

Quando Cesare è stato assassinato, la regina ha trovato sulla sua strada Antonio. Erano utili l'una all'altro, e non mi stupisco che abbiano messo in comune le loro ambizioni. Ma stando ai racconti che ho sentito e al poco che ho potuto vedere con i miei occhi, mi raffiguro Antonio come un uomo volgare che non aveva tempra e stile di vero sovrano. Forte come un toro, gran bevitore, si considerava il nuovo Dioniso. Anche se sono ancora giovane, non ci vuole una grande saggezza per sapere che è troppo facile incarnare la parte del nuovo Dioniso facendosi circondare da mimi, musici, danzatrici, etère seminude e coppe di vino: è piú difficile interpretare la parte della nuova Atena. Il popolo lo amava per questo, per le sue feste e le sue baldorie e i suoi spettacoli, per la sua aria tronfia e ridanciana. Il popolo ripone le sue preferenze nelle cose che rimangono al suo livello.

Forte di muscoli e debole di cervello. Per questo credo che Antonio alla fine abbia ordito la sua stessa rovina, e quella della nostra valorosa regina, che da vera greca aveva osato sfidare quei semibarbari dei Romani. Tanto è vero che è stata lei a convincere Antonio, che non avrà mai srotolato un papiro in vita sua, a portare ad Alessandria i 250 000 volumi della Biblioteca di Pergamo, dopo che quella di Alessandria era stata danneggiata da un incendio. (Mio padre diceva sorridendo che l'incendio l'avevamo appiccato noi scribi e amanuensi per poter avere piú lavoro, e certo da allora il nostro padrone s'è considerevolmente arricchito sulla nostra pelle, con gli incendi altrui).

Con i rotoli di Pergamo sono tornati al Mouseion anche dei bravi scienziati, che ai tempi dell'Aulete se n'erano andati per il disgusto, non volendo piú servire un sovrano odiato dal popolo. È tornato per esempio il celebre astronomo Sosigene, a cui Cesare ha fatto riformare il calendario romano, che era piuttosto confuso. Ho avuto l'onore di copiare testi di questo Sosigene. Non ho capito molto, ma ho capito che lui era un grand'uomo.

Scrivo queste cose non per pettegolezzo o vana cronaca, ma perché frequentando i grandi autori del passato ho sentito crescere in me la vocazione e anzi la passione dello storico. Di quali traguardi possa essere capace la mia ambizione, non mi sento di dire, anche se mio padre affettuosamente mi incoraggia, pur avvertendomi delle difficoltà che un'impresa del genere presenta, e incitandomi allo studio e all'umiltà. Quello che so è che il piacere di collezionare storie basta a se stesso. Un copista ama frequentare tante vite perché la sua, costretta all'immobilità, non gli può bastare.

Dopo la morte di Cleopatra il nostro lavoro di scribacchini è ripreso presto. I Romani, e in particolare il loro governatore, Cornelio Gallo, il nuovissimo Praefectus Aegypti, non sono diversi dai Tolomei, soltanto piú duri. Sanno usare la forza, e trattano allo stesso modo le genti che vivono nella Città, che hanno fama di essere turbolente, capricciose e aggressive. Per questo a Nicopoli c'è una legione pronta con le armi in pugno. I Romani prima ti uccidono e poi ti domandano di quale crimine ti sei macchiato.

Il loro rude linguaggio lo abbiamo imparato presto. I vecchi sono costretti ad ammettere a denti stretti che adesso c'è piú ordine, che in giro ci sono meno ladri e assassini. Spesso i tumulti sono cosí improvvisi che quando i legionari arrivano il misfatto è già stato compiuto. Per esempio le violenze contro i Giudei, che scoppiano con frequenza. È vero che i Giudei sono una setta che vive per conto suo, che quando l'Egitto è stato sotto i Persiani si sono precipitati a servire i nuovi padroni, e a Elefantina esigevano dei dazi esosi. È vero che prestano denaro a tassi anche sessanta volta quelli ufficiali, e protestano sempre per qualche torto vero o immaginario. Tuttavia finiscono per pagare per colpe che non hanno commesso e che è facile scaricare sulle loro groppe, perché tanto tutti ci credono subito, anche i miei colleghi copisti.

Per quello che riguarda il sapere, i Romani hanno anch'essi le loro ambizioni, e volontà di apprendere, di farsi *captivi* di fronte ai Greci che hanno catturato, come amano dire. Un minimo di deferenza formale per gli Elleni ancora ce l'hanno, non so per quanto. Il padrone della bottega si lamenta che i Romani hanno fissato tariffe inferiori alla precedenti, ma questo mi sembra un tratto comune a ogni nuova amministrazione. Di scrittura ci sarà sempre bisogno, in specie adesso che la potenza romana sembra non conoscere confini.

Come accade con ogni vincitore, sono diviso anch'io tra l'ammirazione e qualcosa di simile all'odio. Forse è l'odio che provano quelli che sono costretti a servire, forse è invidia, forse è amore di patria, anche se assai presto ho imparato che la mia vera patria non ha confini, e che potrei sentirmi buon cittadino di Atene, Efeso, Mileto, Pergamo o della Cordova cara ad Artemidoro.

Non ci facciamo illusioni, ad Alessandria, e forse questa è già una cosa buona. Le attese deluse generano veleni che sono poi difficili da smaltire.

Sono diventato grammateus, copista, per imitazione e tradizione famigliare, osservando mio padre scriba, la danza elegante che i suoi pennelli facevano sui papiri. Potrei addirittura dire che, avendo sempre ammirato le danzatrici, vedevo quei pennelli e quelle aste proprio come le gambe sottili delle ballerine. Inoltre mi piace la materia con cui lavoro. La pianta del papiro è molto elegante nei suoi piumaggi leggeri e nella sua vita snella, e ogni volta che la ritrovo nei rilievi e nelle pitture dei templi me ne incanto come se la vedessi per la prima volta. Senza papiro non ci sarebbe Egitto, anche perché lo possiamo usare per costruire stuoie, sandali, ripari per il sole, e perché lo possiamo mangiare al forno, bollito, grattugiato e condito con il miele. La benevolenza degli dèi si appalesa proprio in questo dono d'inestimabile valore.

Ammiro la sapiente pazienza con cui gli artigiani incidono il fusto, ne fanno strisce sottili, le pressano, le incollano, le raschiano, ne fanno un supporto liscio e piacevole al tatto, pronto ad accogliere l'inchiostro come il grembo d'una donna il seme vigoroso dell'amante. Ho sempre fatto pochi errori, sin da quando mi esercitavo adolescente, perché mettevo nel mio lavoro il massimo della concentrazione, non volendo mancar di rispetto al bene prezioso che è il papiro.

Mi piacciono anche gli inchiostri, i piccoli pani di nerofumo che diluisco in acqua, il cinabro cosí carico e intenso che sembra sangue. Mi sembra che la scrittura sia un gioco, assai simile alla pittura. I papiri scritti sono bellissimi anche se uno non sa leggere.

Ho provato a disegnare per conto mio, ma gli dèi non mi hanno concesso questo dono, che invano agogno. Forse per questo mi sono legato di forte amicizia con Horo, che lavora in questo stesso quartiere affacciato sul mare nella bottega di pittura di Dioscoros. Quel che a me manca, lui possiede. Siamo tutti e due dei sognatori che, cosa rara, amano scambiarsi i loro sogni. Per solito gli unici sogni interessanti sono i nostri. Noi invece ce ne facciamo dono reciproco. Io gli racconto complicate storie d'amore con ballerine orientali che mi sfuggono nel momento in cui sto per conquistarle; lui mi racconta di animali che nessuno ha mai visto, nemmeno i viaggiatori che si sono spinti nei deserti della Libia e nel paese dei Trogloditi. A me dice che sono animali inventati da lui. Agli altri dice che sono veri, e li beffeggia quando quelli dicono di non conoscerli.

Il lavoro del grammateus ha vantaggi e svantaggi. Prima di tutto devo parlare della paga che il padrone ci corrisponde. È una paga ridicola, poche dracme per centinaia e migliaia di righe. Non voglio pretendere i privilegi speciali di cui godevano gli antichi scribi, i quali erano dei funzionari con delicate responsabilità amministrative e finanziarie, e dunque meritavano un buon trattamento. Ma non posso nemmeno accettare che il padrone giustifichi la sua avarizia con la storia che siamo degli apprendisti anche quando il mestiere l'abbiamo bene imparato e apprendisti non siamo piú. Se i modelli che i nostri padri ci trasmettono sono quelli dello sfruttamento e dell'avidità, a nostra volta li trasmetteremo ai nostri figli. Non vedo chi possa interrompere questa catena perversa.

Quando parlo di queste cose in casa, i miei scuotono la testa. «Perché non hai fatto l'attore omerico come Sarapas?» dice mia madre, e ride. A bottega parliamo spesso tra noi dei guadagni indecenti di danzatori, suonatori di tromba, mimi, araldi, rapsodi, pugili e lottatori. «Figlio di musicante» è un insulto sanguinoso, ma quelli guadagnano cento volte rispetto a un lavorante o a noi, e gli ingaggi di Sarapas arrivano anche a cinquecento volte. Abbondano i concorsi sportivi, letterari e musicali, molti si arricchiscono con essi. «Perché non provi anche tu?», insiste mia madre, pur sapendo benissimo che non mi intendo di musica e che non posso competere con gli atleti, anche se ho resistenza nella corsa. Oppure mi dice: «Sei fortunato che i tuoi genitori non ti hanno mandato a tessere il lino».

Dove si fabbrica il lino lavorano ragazzi tra i dieci e i tredici anni dall'alba al tramonto, per otto dracme al mese. M'ero perfino innamorato di una di queste schiave, la piccola Thermution, che riusciva a mettere una grazia speciale perfino nella fatica, e non si lamentava e non piangeva mai, nemmeno quando mi faceva vedere le mani arrossate.

Sto divagando. Tornerò a discorrere della mia professione e dei suoi svantaggi. Il piú grande è quello di essere costretti all'immobilità per lunghe ore. A me piace camminare, correre, nuotare. Stare fermo mi pesa, mi vengono formicolii alle gambe, spasmi muscolari. È vero che non stiamo piú accovacciati in terra come gli scribi degli antichi regni, a gambe incrociate e schiena diritta, e possiamo lavorare appoggiati a dei tavoli. Ma la postura resta innaturale, specie per un giovane. Per non sentire dolenzie, cerco di non pensarci e di concentrarmi sul testo che devo copiare.

Ci sono due modi di copiare. Il primo è trascrivere lettera per lettera, meccanicamente. Cosí la mente ha tempo di spaziare e di andare dove vuole, inseguendo chimere e pensieri piacevoli, ma in tal caso si compiono molti piú errori, e il padrone, e cioè i suoi correttori, si arrabbiano. Se gli errori sono troppi ci trattengono qualcosa dalla paga e vanno a lamentarsi con i nostri genitori.

Siamo tutti giovani, qui. I copisti piú esperti vanno a lavorare a palazzo, nell'amministrazione finanziaria, nei tribunali. Se qui trovate degli anziani, che come tutti gli anziani tendono a lamentarsi, è perché non sono troppo bravi e intraprendenti.

Il secondo modo è quello di leggere prima con attenzione quel che si deve copiare, e scrivere come se noi fossimo l'autore, quasi indovinando i suoi pensieri, quello che starà per dire. Inutile dire che a me piace molto di piú questo secondo modo, perché mi dà la possibilità di imparare.

Ad Alessandria adesso si legge molto piú di un tempo, dicono gli anziani. Ci sono dei negozi di libri, e molti ordinativi arrivano da loro; ma i *volumina* si possono anche affittare per breve tempo. Il clima umido non è troppo favorevole alla conservazione dei papiri, e il padrone è contento, perché cosí ha piú lavoro. Ora sono di gran moda i romanzi, e dobbiamo copiare anche quelli. Non parlo dei favolosi *Romanzi d'Alessandro*, che ci sono sempre stati e continuano a vendere bene; e nemmeno dei *Caratteri* di Teofrasto, delle commedie, di opere che offrono maliziosamente storie scandalose, come quelle di Ermippo di Smirne. Parlo dei romanzi d'amore, come il *Romanzo di Nino* o *Il sogno di Nectanebo* e altri simili, dove le storie sono sempre eguali, due amanti virtuosi ostacolati nei loro sentimenti da un destino crudele, sin quando l'amore trionfa ed essi riescono a riunirsi. Nino è un re assiro assai casto che ama Semiramide, eroina assai timida. Sono disposto ad ammettere che esistano eroine timide e anzi me lo auguro, anche se in giro non vedo timidezza tra le fanciulle; ma un re casto mi sembra non credibile. Però i lettori sono contenti lo stesso. Amano le storie sdolcinate, anche se sanno che non sono vere, proprio perché non lo sono.

I dotti fanno molte ironie sui successi dei romanzi d'amore. Parlano per invidia. Dicono che certi romanzi d'amore sono scritti da letterati che si vergognano e non vogliono rivelarsi, che ce ne sono perfino dentro il Mouseion. Si nascondono dietro pseudonimi per non farsi riconoscere. Non stento a crederlo. Non sono piú i tempi di Apollonio Rodio e di Callimaco, che volavano a ben diverse altezze. Però a me sembra che Apollonio faccia un po' troppo il verso agli antichi, e che Callimaco sia un po' falso e svenevole anche lui come una scimmia ammaestrata, ma questo è un altro discorso.

Per tornare alle opere serie, darò qui l'elenco dei titoli piú richiesti dai nostri clienti pubblici e dai ricchi privati che se lo possono permettere. Il piú letto è Omero, seguono Demostene, Euripide e Esiodo. Di recente abbiamo avuto commesse per venti dialoghi di Platone, che è tornato in auge. A seguito della guerra mossa ai Romani da Mitridate re del Ponto, molti filosofi ateniesi che si sono sentiti minacciati sono venuti qui, e sono tutti seguaci di Platone, e fanno proseliti. Abbiamo ordini anche per quattro opere di Senofonte, Menandro, il *Pluto* di Aristofane, il *Tieste* di Sofocle, *Sull'esercizio* di Boeto, *Sul matrimonio* di Diogene, *Sulla persuasione* di Poseidonio. Richiesti sono i manuali con le istruzioni per gli attori, molto numerosi, dato l'alto numero di feste e spettacoli di cui il popolo è affamato. Mio padre dice che è uno scandalo, che gli alessandrini sono troppo eccitabili, e perdono la testa per citaredi e strimpellatori, i quali non fanno che vomitare sconcezze e trivialità, peraltro molto apprezzate.

Si impara anche dai manuali di medicina e dai ricettari con i prezzi. Ci sono sere che riferisco a mia madre, che ama atteggiarsi a medico, le ricette contro le febbri che ho appena copiato. Succo di silfio e mirra, un obolo. Cicuta, tre dracme. Oppio, due dracme. Olio di ricino e elleboro nero, una dracma. Pestare e lavorare bene ogni ingrediente separatamente, unendo acqua, quindi preparare pastiglie grandi come un fagiolo. Lasciar seccare all'ombra. Somministrare a digiuno, sciolte in mezza tazza di vino d'uva passa. Far prendere al paziente un bagno due ore prima della somministrazione, poi coprirlo e mettergli una bottiglia calda ai piedi.

Il nostro lavoro è molto vario. Non ci occupiamo soltanto di copiare gli antichi testi illustri. Alcuni di noi, a rotazione, svolgono anche un minuto servizio quotidiano per quelli che non sanno scrivere o, come si dice, scrivono lentamente. Vengono da noi dove ci sono piccole sale attrezzate appositamente.

Ci tocca scrivere di tutto. Non soltanto i biglietti che vengono depositati presso le mummie, per impetrare la protezione dei defunti. Ci sono innamorati che si fanno scrivere formule magiche da attaccare alle statuette d'argilla che rappresentano l'amata. L'ultima che ho scritto recitava:

> O Iao, Sabaoth, Zabarbatiao, possa lei amarmi d'un amor divino, inestinguibile, possa cadere innamorata di me non appena mi vedrà, e non le valga a resistermi il pudore, o dio grande e possente.

Quando incontra l'amata, l'innamorato deve fischiare tre volte e guardarla con insistenza. Se lei sorride, vuol dire che la formula ha fatto effetto.

Piú spesso ci tocca scrivere cose lunghe e noiose come le pratiche amministrative. Si comincia con le generalità di chi sottoscrive l'atto, e bisogna essere bravi e precisi a descriverlo, dare l'età esatta, qualche segno che lo identifichi, pochi o molti capelli, il colore degli occhi, una cicatrice alla mano, una ferita di guerra o di lavoro, un arto che manca, e di chi è padre e di chi è figlio, e chi ha per moglie, e dove sta. Estenuanti sono le formule dei contratti d'affitto e le pratiche di divorzio (si sa che gli ex coniugi diventano cattivi e si intestardiscono su piccole cose). Non parlo dei testamenti, che vanno redatti con particolare cura davanti a sei testimoni, i quali per solito non capiscono mai niente e ci vuole una grande pazienza, con loro. Gli inventari delle eredità mi fanno malinconia. Una scatoletta di legno, due bicchieri di stagno, una cintura, una fiasca con un po' d'olio, un bacile per impastare, una cesta per le focacce. È tutta lí la vita che lasci dietro di te?

Minuziosi sono anche i contratti matrimoniali, gli elenchi della dote della sposa: un paio di orecchini del peso di tre mine, una spilla, un vestito rosso e uno rosa, un mantello, il tutto per un valore di 560 dracme d'argento. Poi ci sono le denunce, e sono la parte piú onerosa del lavoro, perché gli Alessandrini sono degli attaccabrighe e dei cocciuti, e per loro litigare è un raro piacere. Dobbiamo scrivere di aggressioni, di percosse, di ferite, di morti ammazzati, di liti fra abitanti dello stesso quartiere, di furti, di danni provocati ai raccolti di bestiame, di canali d'irrigazione deviati illegalmente, di pesci rubati dagli stagni degli allevamenti, del caso di Petésuchos, che fa il muratore ed è stato incaricato di demolire una casa, e durante i lavori trova una cassetta con dei gioielli, la svuota di nascosto e poi la riporta nel cantiere. C'è la donna che chiede i danni perché è andata ai bagni pubblici, e Pechon l'inserviente le ha rovesciato addosso una brocca d'acqua bollente e l'ha messa in pericolo di vita. Infine ci sono le lettere a parenti e amici lontani con richiesta di notizie, e le lettere di condoglianze.

Per fortuna usiamo sempre le stesse frasi. Non facciamo sforzi di fantasia. Andrebbero bene anche le solite formule di rito, ma a me sembra gentile cercare di personalizzare un poco i messaggi, dire qualcosa di vero e di appropriato, che scaldi il cuore con un accento di verità. Non so se poi mi sono grati di questo, se hanno la sensibilità di accorgersene, ma a me va bene cosí.

Mi viene piú facile trovare gli accenti di verità quando devo consolare qualcuno per la morte di un bambino. Di tutti i dolori quelli intollerabili riguardano i bambini, che muoiono come le mosche. Però la sera rientro a casa triste e non parlo fino a quando vado a dormire. Mia madre conosce il perché, non mi chiede spiegazioni. Mi allunga sul tavolo un pezzo di pesce in piú, perché sa che mi piace.

L'amanuense non si fa illusioni sulla vita. È come essere un medico, una guardia o un imbalsamatore. Imbalsamiamo torti, dolori, speranze infrante, sogni andati a male, truffe, affari rovinosi, violenze, sempre le stesse. Sei obbligato a entrare nei segreti della vita altrui, anche i piú vergognosi, e ti vergogni della vergogna degli altri, che sono costretti a rivelarti particolari intimi della loro esistenza disgraziata. A sera sei sfinito senza esserti mosso dal tuo sgabello. Ci vorrebbero i flauti di cento etère per rallegrarti.

Ci sono giorni che non basterebbe nemmeno quello.

Cosí siamo contenti di tornare a quelli che tra di noi chiamiamo i sacri testi. Quando il padrone mi ha chiamato per affidarmi un lavoro da lui ritenuto importante e delicato, il secondo libro della *Geografia* di Artemidoro di Efeso, ho avuto un tuffo al cuore. Perché Artemidoro è l'uomo che ha fatto un uomo libero di mio nonno Stazio, preso prigioniero dai pirati, e venduto a un mercante alessandrino durante un'asta tenuta a Creta, l'isola che dà ricetto a quella genía malvagia.

A me piace la geografia, non soltanto per motivi famigliari, e perché attraverso mio padre ho conosciuto l'affezione che Stazio portava ad Artemidoro. La geografia mi permette di sapere molte cose di paesi che non potrò visitare, visto che ormai il mio destino sedentario è segnato. Ho dunque cominciato il secondo capitolo che ero quasi commosso È un testo concettoso, di cui ho capito principalmente che la geografia è un affare serio, piú importante della filosofia che in fondo sono tutte fanfaluche, e che quello del geografo è un mestiere che va esercitato scrupolosamente. Come ogni mestiere.

Malgrado la simpatia che ho per lui, mi pare che Artemidoro abbia una notevole concezione di sé, anche se, come egli stesso aveva previsto, il suo collega Strabone, che ha scritto molti anni dopo di lui, lo critica per certe credenze ingenue, come quella a proposito del sole che tramontando nell'Oceano sarebbe cento volte piú grande, e quella che dal Promontorio Sacro la notte cade istantaneamente. Come è possibile che lui dichiari d'aver visto questo, si chiede Strabone, se di notte non si può visitare il Promontorio Sacro? Dopo di che Artemidoro si mette a elencare gli stadi che corrono da uno scalo all'altro per chi scendendo per mare dai Pirenei vuole arrivare sino a Gadeira. Ammetto che sono informazioni utili, ma mi hanno annoiato un poco. Sono arrivato alla conclusione che i geografi non sono diversi dai filosofi, e passano il tempo a litigare tra loro su cose che non hanno visto di persona.

Avevo copiato i due primi capitoli, quando il padrone mi ha interrotto per un lavoro urgente che dovevamo fare per il Governatore romano. Per non perdere tempo ho passato il rotolo alla bottega dei pittori qui accanto, perché inserissero al posto giusto le cartine dell'Iberia, cosí come le aveva schizzate Artemidoro.

Manco a farlo apposta, il lavoro è toccato a Horo. Non so cosa avesse Horo l'altro giorno, se sognava i suoi animali o cos'altro, ma con mia e nostra grande sorpresa ha sbagliato a inserire la cartina, e invece di mettere quella relativa alle coste della Celtiberia ha inserito quella della Turdetania o della Betica o come si chiama, con i suoi bravi fiumi e le città e le stazioni di posta. Sono passato da lui nel tardo pomeriggio, e mi sono subito accorto dell'errore. Non aveva fatto nemmeno un gran lavoro, a essere sinceri, anche se non era rifinito e mancavano molte cose.

È nata una gran discussione. Horo si è arrabbiato dicendo che non gli avevamo dato le indicazioni esatte, e che lui è uno preciso e le cose le capisce. È intervenuto il suo padrone, poi è arrivato di corsa anche il mio, sentendo lo schiamazzo, si sono detti a vicenda che non era il modo di lavorare, che cosí non si poteva andare avanti, che era un lavoro di pregio destinato a un diplomatico in partenza per la Betica con le istruzioni del Governatore, che per quello avevano usato apposta un rotolo di qualità, costoso e capiente, perché doveva ospitare delle cartine, che tutto doveva essere fatto a regola d'arte, e che insomma non era il modo, che dopo tanti anni di collaborazione onesta non si aspettavano uno sgarbo del genere.

Allora il mio padrone non ci ha piú visto e si è messo a gridare: «Accidenti a te!» e ha preso il rotolo del papiro e l'ha tirato in faccia al padrone Dioscoros come volesse bastonarlo, e poi ha preso a schiaffi anche Horo che si è difeso come ha potuto gridando: «Ahi! ahi! fermati, vecchio pazzo!» E ha anche detto: «Fai qualcosa, Demetrio, questo mi ammazza!» Strillava anche Dioscoros con la bava alla bocca, balbettava: «Ti faccio arrestare! Vado dal prefetto di palazzo e ti faccio arrestare, lo giuro su Serapide e sul dio Bes!» Allora il mio padrone, rosso come un papavero e con le vene del collo e della fronte ingrossate dalla rabbia, se ne è andato gridando: «Sí, provaci! Vuole avere ancora ragione, lui! Me la pagherete, fannulloni e incapaci!»

Io non capivo piú niente e me ne sono andato anch'io dietro di lui con la coda tra le gambe, e l'ultimo pensiero che ho avuto è che speravo proprio che non fosse finita l'amicizia con Horo. Mi sarebbero mancati i suoi animali fantastici, prima ancora che lui.

La vita del copista può essere pericolosa come quella del soldato. Aveva ragione mia madre quando mi canzonava. Avrei dovuto fare il corridore, il pugile, il conduttore di cocchi, l'atleta, il musico, l'attore omerico. Avrei guadagnato 500 dracme al giorno e non avrei avuto dei padroni collerici, e alla fine gli Alessandrini mi avrebbero eretto una statua al Foro, molto piú bella di quella che gli Efesini hanno eretto ad Artemidoro.

Horo, il pittore
(Alessandria, 28 a.C.)

Delle istruzioni per l'inserimento delle cartine che mi aveva dato Demetrios sono piuttosto sicuro. In questi casi si è sempre in due a sbagliare, e difatti lui stava zitto, erano i due vecchi bisbetici a litigare. Il fatto è che la cartografia è un lavoro che non mi piace e che faccio malvolentieri. Credo di saper fare di meglio. Ho cominciato a disegnare sin da bambino, ho disegnato dappertutto, sulle pietre, sui muri, su pezzi di terracotta che non servivano piú, mi bastava uno stecco carbonizzato e mi mettevo a disegnare il mondo come lo vedevo io, anche se non avevo colori, che costano troppo e se li possono permettere solo i veri pittori.

Mio padre Cronion, figlio di Cheos e nipote di Finion, fa il vasaio. Viene da una famiglia di artigiani di solida reputazione, i suoi avi sono fornitori dei palazzi reali da non so quante generazioni. Ha una ventina di schiavi alle sue dipendenze, il lavoro non gli manca con tutto quello che esporta l'Egitto, ma oltre ai soliti vasi e alle anfore piú capienti, buone per le spedizioni marittime, ha l'ambizione di produrre terrecotte di pregio, statuette votive, animali sacri, sacerdoti, scribi, simulacri di ricche signore, persone care e defunti, insomma oggetti che richiedono una mano d'artista, quale lui ritiene di avere. Ha messo a punto un suo forno speciale per le cotture, e si fa venire dall'Oriente smalti e vernici di cui non ha voluto rivelare le formule nemmeno a me. Una delle sue ultime creazioni sono delle statuette di terracotta che rappresentano un retore, elegantissimo in tunica e mantello, che ha una testa d'asino. I letterati del Mouseion si sono molto divertiti con questa statuetta, perché ognuno di loro pensa che sia la vera immagine d'un qualche amico o collega. Anche al Ginnasio l'insulto piú frequente è diventato «testa d'asino».

Quando ero bambino restavo per intere mezze giornate a guardare mio padre che lavorava al tornio e i vasi che prendevano forma – piú alti o piú panciuti, piú tozzi o piú slanciati – tra le sue mani grigie della creta che plasmava. Non ho mai visto il vero colore delle sue mani. Si teneva attaccata la creta anche quando andava a dormire, tanto gli piaceva quell'odore di terra bagnata.

Ho aiutato mio padre a stendere smalti e vernici e colori sui suoi prodotti, fino a quando ha deciso d'avere bisogno d'un pittore fatto e finito per le decorazioni dei vasi di pregio. Allora mi ha mandato a bottega da Dioscoros, che è un suo amico perché sono nati a pochi passi l'uno dall'altro, e hanno avuto la stessa nutrice etiope, nera come toro sacro e dolce come una ciambella. Si impara copiando, e sono andato anch'io in giro per i templi cittadini, per vedere come hanno fatto i maestri, come dispongono le figure e stendono i colori, quali sono gli elementi decorativi che usano.

Però a me piace copiare dal vero, ritrarre la vita com'è, con la sua energia. Rubare l'attimo. Mi piace copiare gli animali, e ho cercato in tutti i modi di spiare quelli che sono ospitati nei giardini zoologici della regina, per il divertimento della corte. Mi arrampicavo sugli alberi, per vederli, e quelli che non potevo vedere me li immaginavo. Attribuivo loro le qualità degli uomini, l'astuzia, la temibilità, la ferocia, armi speciali come quelle che hanno i gladiatori. Mi facevo raccontare le storie di Seleuco I che duecentocinquanta anni fa ha vinto quella che chiamano la battaglia dei re perché si era fatto dare cinquecento elefanti da un sovrano delle Indie.

Posso anche ricordare il giorno di molti anni fa in cui ho sentito che disegnare animali era una necessità. Ero andato al porto interno di Mareotide a vedere i battelli che partivano per Tebe. È arrivato di corsa Demetrio. Da bambino, a scuola, si divertiva a raccontare storie fantasiose. Una volta ha raccontato d'esser figlio d'un gran sacerdote, un'altra d'esser caduto nel Nilo e salvato da un coccodrillo, un'altra ancora che a casa possiede un pavone tutto d'oro, che gli dèi gli appaiono in sogno e gli ordinano eroiche imprese, tra cui quella di diventare il piú grande pittore del regno. Ridevano tutti, e rideva il maestro, e gli dava il doppio dei compiti, e lunghi inni sacri da imparare a memoria, se voleva fare il gran sacerdote come suo padre, ma lui ha continuato a inventare storie. Da allora ogni volta che Demetrio racconta qualcosa lo guardiamo con sospetto.

Adesso Demetrio grida di correre al Porto Grande, sul molo c'è un camelopàrdalos[29] vivo, lo devono imbarcare su una nave che sta per partire, come gli araldi avevano già annunciato a gran voce.

Avevo sentito parlare anch'io di questo strano animale, ma non ne ho mai visto uno. Dicono che abbia la grossezza di un cammello e il pelo maculato del leopardo. Per questo lo chiamano cosí. Pare che abbia il collo cosí lungo che arriva senza fatica agli alberi piú alti, e stacca i frutti e le foglie che piú gli piacciono.

[29] La giraffa.

Dicono che venga dall'Etiopia. Tutto quello che c'è di favoloso viene dall'Etiopia. Anche gli struzzi. Anche il Nilo. In Etiopia non c'è stato nessuno, ma là crescono spontaneamente dei racconti favolosi, come da noi le piante di papiro.

Un camelopàrdalos che va per mare mi sembra la piú mirabolante delle frottole di Demetrio. Lui giura che è vero, che lo devono portare a Roma. È un ordine di Cesare.

Gli chiedo che cosa se ne fa Cesare di un camelopàrdalos. Gli vuol forse mettere la corazza e usarlo negli assedi?

– È per i giochi! – grida Demetrio. – Cesare vuol fare un regalo ai Romani! A Roma un camelopàrdalos non l'hanno mai visto!

Arriviamo al porto con il fiato grosso. La meraviglia mi blocca le gambe. Il camelopàrdalos esiste davvero, sta ancora sul molo. La testa sfiora la cima degli alberi delle navi, ha gambe come pertiche. Con un passo dei suoi ne fa cinque dei nostri. Peccato non poterlo vedere correre sulle sue gambe rigide. Non immaginavo che fosse cosí alto.

Gli hanno buttato al collo almeno dieci funi, cercano di tirarlo verso la passerella dell'imbarco. Il camelopàrdalos non ne vuole sapere. Punta le zampe e non si muove. Gli uomini gridano, non sanno cosa fare, cercano di spingerlo dal didietro, ma quello spara calci come un asino. Un siriano scappa via gridando, tenendosi con le mani la faccia piena di sangue. La bestia non sembra nemmeno troppo infastidita dal chiasso e dalle voci, eppure non si muove.

Allora qualcuno si fa dare un cespo di frutti, glieli sventola sotto il naso, poi corre sulla passerella, sale sul ponte della nave, di là lo chiama, glieli porge. Il camelopàrdalos sembra gradire, perché muove qualche passo incerto sulla passerella, è già sulla nave, si tuffa voracemente sui frutti. Gli uomini corrono a ritirare la scaletta, lanciando grida di trionfo. L'animale si guarda intorno, capisce, abbassa la testa fino al pelo dell'acqua, raspa il ponte con gli zoccoli, ma non pare nemmeno tanto infuriato della beffa. Non ha molto posto sul ponte. È abituato a correre, come farà a stare giorni e settimane in quella angusta prigione? Gli uomini restano a distanza, impauriti.

Per giorni non parliamo d'altro. L'unico modo per trattenere con me l'animale è disegnarlo. Non so se arriverà fino a Roma. Di certo resterà con me. Questa è la groppa scoscesa, il collo che non finisce piú, i cornetti sulla testa, le gambe magre. Non avrò nemmeno bisogno di andare in Etiopia e vederlo correre liberamente; oppure di andare a Roma, dove diventerà un'attrazione circense. Faranno la fila per vederlo, gli porteranno delle carote, lui abbasserà il muso per prendere gli omaggi, sempre con la sua aria di placido sussiego. Qualcuno si inventerà il culto del Camelopàrdalos.

Gli ho augurato una buona vita, a Roma, migliore di quella che avrebbe potuto avere nelle terre degli Etiopi, o nello zoo di Alessandria. Noi siamo abituati ai prodigi. A Roma sono dei provinciali, anche se si credono i signori del mondo.

Il papiro di Artemidoro è rimasto gettato a terra, in un angolo, per giorni. L'ho raccattato e tenuto con me, come si fa con un soldato caduto in battaglia. Tra di me lo chiamavo Filippide, l'eroe di Maratona. Un pomeriggio sul tardi che tutti erano già andati via, ho trovato il coraggio di srotolarlo. La cartina della Betica stava sempre lí, con i suoi fiumi e le casette delle stazioni di posta. In compenso sulla destra offriva spazi molto ampi per disegnare.

Ho preso il calamo a punta, l'ho intinto nello scodellino dove avevo sciolto l'inchiostro, ho cominciato a disegnare fitto. Mi è venuto un pesce volante con la testa del falco sacro a Horus, da cui prendo il nome. Il padrone mi ha visto cosí assorto che ha chiesto cosa stavo facendo. Ho risposto che mi ero permesso di utilizzare un pezzetto del papiro per fare delle prove, perché potevo disegnare cose molto piú belle delle carte geografiche. Ah sí? ha detto il padrone, fammi vedere cosa sai fare.

Ho disegnato fino a sera, lui ha acceso due lucerne, e anche se ci vedevo poco sono andato avanti a disegnare, avrei potuto farlo anche a occhi chiusi. La mano correva per conto suo, a piccoli tratti rapidi. Ho mordicchiato un altro calamo per ricavare una spatola larga che mi serviva per le ombreggiature. Ogni tanto il padrone si alzava dal suo scranno e veniva a vedere. Ho creato animali che conoscevo, il camelopàrdalos, la lince, la capra, il pellicano, lo struzzo, la tigre, avevo mandato a memoria ogni dettaglio della loro pelle, dei musi e delle zampe. Il padrone guardava e stava zitto, ma si capiva che gli piacevano. Mi ha chiesto di provare a fare anche degli animali immaginari, perché tutti li vogliono.

Ho provato a incrociare un capodoglio con una foca. Ho inventato un ippopotamo meno grosso e piú allungato, con il muso allungato e la testa fatta a globo, perché mi sembrava piú elegante; poi un pesce martello, ma non sapevo bene dove attaccare il martello e non mi è venuto molto bene, difatti il padrone ha storto la bocca e ha detto: proviamo qualcos'altro. Avrei voluto dirgli che da qualche parte questi esseri esistono sicuramente, anche un po' strani come li ho pensati io, basta aspettare che qualche viaggiatore venga a testimoniare che li ha visti davvero, con i suoi occhi. La fantasia della Natura non conosce confini, si diverte a combinare gli elementi che conosciamo in sempre nuove forme.

Allora ho schizzato uno *xyphias* che affronta un tonno-sega dalla lunga coda piena di aculei (un'altra mia invenzione), un *myrmex* indiano, corpo di leone alato e testa di cane, che se la vede con un grosso serpente, una lince che si avventa contro un capro selvatico. In omaggio ad Artemidoro, ho immaginato un *dracon* che cerca di avvolgere strettamente nelle sue spire un elefante. Egli sostiene che in India esistono serpenti lunghi trenta cubiti, i quali sono in grado di sopraffare tori ed elefanti, anche se a me sembra che non abbiano possibilità di vincere animali troppo piú grossi di loro, che possono schiacciarli senza difficoltà. Però questa lotta mi è venuta piuttosto bene.

Il padrone ha lodato le scene di combattimento simulato, ha detto che i miei strani animali potevano servirgli per una serie di affreschi e di mosaici che gli avevano commissionato per le loro ville armatori e mercanti. Ai Romani e ai nuovi ricchi in genere – ce ne sono molti – piacciono le composizioni di fantasia. Noi, ha detto il padrone, dobbiamo fornire quello che chiedono, non l'Egitto come è davvero ma come lo vedono loro, perché piú lo facciamo esotico e piú loro sono contenti. I Romani adorano l'Egitto ma allo stesso tempo lo disprezzano. Sono pieni di pregiudizi, come tutti, per loro l'Egitto è il paese delle stranezze, è questo che li affascina.

Il padrone ha detto che potevo tenere il papiro per altri esercizi, e mi ha messo a lavorare con una squadra che deve fare su carta quadrettata i disegni preparatori per una grande scena di genere, l'inondazione del Nilo, che poi bisogna passare ai pittori e ai mosaicisti perché la realizzino davvero. Ha detto che in mezzo alle acque del fiume bisogna mettere costruzioni di vario tipo: un tempio dedicato a Serapide con un pergolato sotto cui si tiene un banchetto; un altro tempio a colonne con tenda, dove dei soldati sacrificano ad Amon; un terzo tempio con due obelischi e un pozzo-idrometro che deve misurare il livello delle acque e far capire quanto siano alte; una capanna fatta di papiri con sopra un nido di cicogne; varie edicole, boschetti e giardini; una nave a remi da guerra, un'altra di pescatori e una terza per viaggiatori di alto lignaggio; scene sparse di coltivazione dei campi, di caccia e di allevamento del bestiame. E animali rari e selvaggi, anche d'invenzione. Quelli li devo disegnare io.

I miei animali danzano sulle rocce che affiorano dalle acque. Ci ho messo una tigre, un leopardo, un grifo, una iena, un rinoceronte, due camelopàrdali, un cammello, dei coccodrilli, e un centauro-leonessa che ha una graziosa testa di donna, che poi sarebbe la cameriera del Palazzo che tutte le mattine passa davanti alla bottega a testa alta senza guardare nessuno, tanto alto è il concetto che ha del suo ufficio e di sé medesima.

Gli animali dovrebbero essere spaventevoli, ma mi accorgo che non fanno paura, anzi hanno un'aria innocua, come fossero animali da cortile, anatre, maialetti. La cosa che mi piace di piú è che il mondo che stiamo disegnando è sí bizzarro e fastoso, ma pacifico e tranquillo. Sembra immerso nell'atmosfera beata dei Campi Elisi, dove il tempo scorre lietamente e senza affanni. È la rappresentazione di un paese felice, di quelli che si possono soltanto dipingere, e che i geografi non hanno mai trovato.

Alla fine il padrone si è dichiarato soddisfatto. Non si è neanche accorto che ho dato al cammello la sua faccia eternamente scontenta.

Ha detto che mi avrebbe dato un altro papiro per

continuare a esercitarmi nei miei disegni, e che potevo tenere per ricordo quello vecchio con il libro del geografo iberico. Cosí ha detto. Ho portato a casa il papiro e ogni tanto aggiungo dove posso qualche nuovo disegno. Non capita tutti i giorni di poter lavorare su un papiro vero. Però il padrone ogni tanto me lo fa riportare a bottega, perché i miei animali immaginari servono per altre scene di genere. Una volta che il papiro si è lacerato lo ha anche riparato con le sue mani, usando certe sue colle miracolose.

Io sento che un giorno mi chiameranno a Roma, e diventerò famoso, e disegnerò le facce dei signori come se fossero facce d'animali, e tutti loderanno la mia originalità e il mio spirito, e i muri e i mosaici di Roma saranno pieni di animali esotici. Gli animali d'Egitto, che nessuno ha visto, e per questo sono indimenticabili.

Silanos, apprendista scultore
(Alessandria, 60 d.C.)

Horo, mio nonno, a Roma è riuscito ad andarci davvero, com'era nei suoi sogni, molti anni dopo aver lavorato al grande mosaico di genere che tanta fortuna ha avuto nelle ville dei ricchi signori dell'Impero. Era diventato molto esperto, lo pagavano bene e aveva messo su famiglia. I miei genitori non l'hanno piú visto da quando la nave oneraria si è staccata dalle banchine del Porto Grande, diretta allo scalo di Rodi, con il consueto carico di granaglie, lino, vetri lavorati e papiri.

Se anche è diventato famoso, come lui sperava, i miei famigliari non lo hanno mai saputo. Non so darmi spiegazioni di questo silenzio, perché troppe sono le cause possibili. Sappiamo che non ha fatto naufragio, come tanti, perché dopo due mesi la nave è tornata ad Alessandria dalle Gallie con un carico di minerali. I marinai avevano sbarcato il nonno a Ostia, e lo ricordavano con simpatia. Durante il viaggio era cosí allegro che aveva distribuito monete all'equipaggio, molte monete, forse perché sapeva che gliele avrebbero prese comunque e magari buttato a mare prima ancora di arrivare a Rodi. Aveva affrontato senza paura alcune burrasche al largo di Crotone, aiutando nelle manovre con la vela quadra che non voleva scendere dall'albero. Quando erano sopraggiunte le bonacce, verso Puteoli[30], aveva fatto il ritratto a tutti i marinai, e inciso sul fasciame interno della nave dei pesci, in parte veri, in parte fantastici, con una tale precisione che loro si erano chiesti dove mai aveva potuto farsi tutta quella conoscenza, dal momento che diceva di aver navigato assai poco, prima di quel viaggio.

I ritratti erano cosí belli che in un viaggio successivo a Massalia i marinai li avevano barattati con un'ora di amore mercenario, baratto di cui, a giudicare dagli ammicchi e dalla risate, sembravano molto soddisfatti.

Quando mio padre è sceso nella stiva a vedere con i suoi occhi le incisioni dei pesci (c'era anche il tonno-sega dalla coda dentata, fratello di quello del papiro di Artemidoro), non ha potuto trattenere le lacrime. Ha chiesto ai marinai il permesso di stendere un velo di inchiostro sui graffiti. Ci ha premuto sopra un pezzo di papiro, e cosí ha potuto ottenere una copia che ha conservato tra le sue cose piú care, e adesso possiedo io.

Quanto alle altre spiegazioni, escludendo gli accidenti piú drammatici, penso che se fosse diventato famoso ci avrebbe messo a parte dei suoi trionfi. Ne deduco che abbia continuato a lavorare in qualche città della penisola italica, senza raggiungere l'eccellenza e senza patire la fame, trovando padroni avari, committenti poco sensibili all'arte vera, amici inaspettati con pochi soldi. Forse incombeva su di lui il detto attribuito ad Alessandro: «Dio è padre di tutti gli uomini, ma predilige i migliori». Forse non si è sentito prediletto dagli dèi. Forse non voleva far sapere che il suo destino era stato quello, mediocre o normale, di tanti uomini. Non gliene avrebbero fatto certamente una colpa, e anzi lo avrebbero amato e onorato anche di piú, ma chi può dire quali guasti l'orgoglio può produrre.

[30] Pozzuoli.

La vita degli Alessandrini sotto i Romani è proseguita non troppo diversamente da quella sotto i Tolomei. Pochi hanno ingenuamente sperato di vivere meglio, molti si sono lamentati che i Romani sono padroni piú spietati dei Tolomei. Noi Elleni d'Egitto abbiamo perso gli antichi privilegi, non c'è altro da dire. Il nostro orgoglio è stato punito.

Il regno degli Egizi è durato tremila anni, quello dei Tolomei trecento. I nuovi barbari domineranno il mondo a lungo, piú dei Tolomei.

Mio padre non aveva particolari doti artistiche. Uomo di buona cultura, discrete cognizioni matematiche e mite carattere, ha lavorato con dignità negli uffici delle imposte sotto i nuovi padroni, senza mai tentare di primeggiare o aspirare a onori speciali che poi qualcuno avrebbe cercato di portargli via con malizia e calunnie. Essendo onesto e scrupoloso, ha avuto vita tranquilla anche perché ha preferito chiudere gli occhi di fronte a forme di arricchimento dei governatori e dei loro clienti che non erano consentite nemmeno dalla legge dei vincitori.

L'Impero è troppo grande, e i problemi delle frontiere orientali sono cosí gravi che a Roma non perdono tempo a occuparsi delle speculazioni del Praefectus Aegypti, sia esso Cornelio Gallo, Petronio, Galerio, Giulio Alessandro, i loro successori e sodali. Gallo fu rimosso perché s'era troppo vantato dei suoi successi militari, ma nessuno andò a fargli i conti in tasca. Questo diceva mio padre sospirando. Si sa che le province sono sempre state un mezzo per arricchirsi rapidamente e per ripagarsi della vita difficile che si fa lontano da casa, anche se Alessandria è famosa per le sue dolcezze. Sotto i Romani la nostra celebrata vocazione dionisiaca è diventata ancora piú forte, quasi esclusiva.

I Romani lasciano fare, anzi incoraggiano i nostri bassi istinti. I sudditi che si stordiscono con il vino e con le feste non sono pericolosi. I Romani trafficano con le nostre miniere, i manufatti, i vetri, i papiri, le spezie, il lino, le sete; e per meglio commerciare con l'Oriente vogliono riaprire il canale che dal Nilo porta al Mare Eritreo. Hanno di nuovo sottomesso Tebe, che non ha mai smesso di approfittare d'ogni momento di debolezza del regio governo per ribellarsi. Adesso dicono che Nerone ha mandato una spedizione verso le irraggiungibili sorgenti del Nilo. I Romani cercano sempre di ingrandire i loro possessi. Spero di cuore che non riescano a trovare le sorgenti del Nilo, visto che non le abbiamo trovate noi, e che non vengano a spiegarci anche quelle con la loro insopportabile sicumera.

Ottaviano Augusto non ci ha mai amato per via dell'appoggio dato ad Antonio e Cleopatra, ed è già tanto che non ci abbia punito. Per questo siamo l'unica città d'Egitto che non possiede un consiglio municipale. L'unica cosa che ci compete è continuare a nutrire Roma con centinaia, migliaia di navi granarie, non altro. Poiché l'Egitto è una provincia troppo ricca e appetitosa e appetibile, egli aveva disposto che nessun senatore o personalità del ceto equestre potesse metterci piede senza sua espressa autorizzazione.

Alessandria è sempre stata una importante base elettorale. L'imperatore Vespasiano è venuto qui a ottenere la propria investitura. Acclamato nell'ippodromo, è stato onorato come benefattore, figlio di Amon e Serapide reincarnato, e dicono che abbia guarito alcuni ciechi e uno storpio. Partito lui, all'ippodromo si continuano a tenere con enorme successo le corse dei cocchi. Il pubblico parteggia rumorosamente per la squadra degli Azzurri o per quella dei Verdi, fa scommesse, si abbandona a risse furibonde. Gli aurighi continuano a guadagnare come i prefetti, i Romani continuano a lasciar fare.

Sentendo scorrere nelle mie vene le stesse inclinazioni artistiche di mio nonno Horo, ho chiesto d'essere ammesso nella bottega in cui lui aveva condotto il suo apprendistato sotto Dioscoros. La bottega è gestita dai suoi discendenti, le nostre famiglie sono rimaste amiche. Il padrone adesso si chiama Aristarco, e tanto suo nonno era incontentabile, tanto lui è cordiale e affabile, ma sa fare i suoi affari egualmente bene.

Con i nuovi padroni le botteghe degli scultori e dei pittori lavorano molto, anche piú di prima. Aristarco è soddisfatto. «Serapide ci ama!» continua a dire fregandosi le mani.

Poiché la richiesta di figure umane e divine continua a crescere, i nuovi apprendisti come me devono partire dalle nozioni di base, quali il disegno di particolari anatomici, teste, mani e piedi. Una stanza della bottega è zeppa di copie in gesso delle statue dei grandi maestri. Tutte insieme, le bianche figure fanno un bosco che di notte incute quasi paura. Posso dire d'aver vissuto mesi con Afrodite, Eracle, Pan, Apollo, Zeus, Dioniso, la severa Atena.

Ho studiato amorevolmente le loro posture, anche se mi sentivo atterrire dalla bravura degli artisti che avevano prodotto quei capolavori. Mai sarei riuscito non dico a eguagliarli, ma nemmeno ad avvicinare la loro suprema maestria. Spiavo come un ladro Afrodite che si accoscia gentilmente al bagno, che protegge con la mano petto e pube, che tiene l'indice sollevato e porta la mano verso il mantello, che si appoggia a un pilastrino, che si guarda intorno sorpresa. Stavo cosí vicino all'atleta che si deterge il sudore con lo strigile, che mi pareva di sentire il calore dei suoi muscoli affaticati. Provavo su me medesimo le torsioni dell'Elio di bronzo che Carete di Lindo ha eretto a Rodi, la testa e il torso che si avvitano seguendo il movimento della mano alzata sul viso a proteggere gli occhi dai raggi. Interrogavo le donne, i bambini, i vecchi di Prassitele, un genere nuovo che ha molto successo, dopo tante statue di dèi e filosofi. Mi sentivo in soggezione davanti alla Fortuna di Antiochia maestosamente assisa, che regge con la mano un fascio di spighe e posa il piede su Oronte, dio fluviale.

Di tutti Aristarco s'era procurato copie. Ogni mattina intimava agli allievi piú bravi:

– Studiate! Disegnate! Non perdete tempo! Il tempo è il bene piú prezioso per un artista!

E diceva: – Voglio che si veda l'anima!

Aristarco sognava di avere anche una copia del Laocoonte, ma costava troppo cara. Vagheggiava anche di fare arrivare qualche scena del celebre gruppo di Pergamo, con i viluppi di figure in lotta. Nessuno sa fare il movimento come gli scultori di Pergamo.

I moti dell'animo vanno raffigurati nella verità dei dettagli anatomici, delle muscolature, delle vene che affiorano sotto la pelle, dei petti che sembrano pulsare sotto le tuniche; nella fierezza o serenità degli sguardi. Ogni personaggio ha le sue caratteristiche e i suoi segni distintivi. I filosofi hanno barbe e baffi folti e fronti corrugate dallo sforzo di pensare; anche Cronos deve avere barba folta, portamento vigoroso, sguardo concentrato e un copricapo che gli scende sulle spalle. Cronos, padre del padre degli dèi, deve emanare energia e autorevolezza.

A noi apprendisti Aristarco diceva tutte le mattine:

– Oggi facciamo mani e piedi!

Fare mani e piedi è piú difficile che fare volti. Con le barbe e i riccioli dei capelli ti puoi sbizzarrire; con le dita e le articolazioni non si può inventare. Ho fatto mani con dita che pendono come carrube andate a male. Ho fatto un'altra mano che regge uno scettro, ma il movimento del polso non è venuto naturale.

Andava meglio con i piedi, sono perfino riuscito a fare l'ombreggiatura, il tratteggio sottile dei lacci dei calzari. Mi dicevo che era colpa del calamo. Ne ho provati altri due o tre, senza riuscire a far di meglio.

Allora ho tentato una testa d'Apollo. I capelli fermati da una fascia potevano andar bene, ma il profilo del volto non era splendente come doveva essere. Il naso era troppo lungo e schiacciato, la bocca non esprimeva sufficiente energia. Poteva essere un pescatore, un marinaio, un liberto, non Apollo.

Aristarco ogni tanto sedeva accanto a me, guardava, scuoteva la testa, dava consigli che facevano piú male d'un rimprovero. Mi sentivo molto infelice.

Mi esercitavo anche a casa. Ho chiesto mentalmente a Horo di ispirarmi, di trasmettermi un poco della scioltezza del suo segno. Ho tratto dallo scaffale piú alto il papiro con i suoi disegni, c'era ancora posto per qualche figura all'inizio del rotolo, e nello spazio che era rimasto per una seconda cartina; e poi ancora sul retro. Riprovavo con i piedi, le mani, la testa vigorosa di Cronos.

All'estremità di un bordo mi è scappata una figura femminile che vorrebbe essere una menade e guarda fisso Apollo. Ha il naso forte, la bocca piccola e carnosa, il mento rotondo e un poco sfuggente. I capelli quasi nascondono la fronte, l'occhio sporgente, agitato dalla passione.

Sono riuscito a disegnare una creatura vera, viva. Assomiglia a mia madre. È mia madre.

Eirene, figlia di Silanos

(Alessandria, 90 d.C.)

Non è durato molto l'apprendistato di mio padre nella bottega di Aristarco. Malgrado la benevolenza del suo maestro e padrone, è arrivato alla conclusione di non avere sufficiente talento per diventare un bravo artista. Credo che lo abbia scoraggiato il confronto con le copie delle statue dei sommi artisti che Aristarco aveva accumulato. Con una onestà che non è di molti ha lasciato la bottega e si è congedato dai suoi compagni di studio. Forse non ha avuto perseveranza, fiducia in sé stesso. Non tutti sono Fidia, Prassitele o Apelle. Lui ha lasciato un buon ricordo come uomo. Non è cosa da poco. Forse è l'unica che conta davvero.

Non avendo inclinazione per il commercio, al pari di suo padre è entrato negli uffici del Prefetto romano, dove si è onorevolmente svolta la sua carriera. È diventato giudice, e ha svolto con equilibrio il suo compito. Tuttavia il doversi occupare di tante miserie umane, di tante liti meschine, aggressioni e assassinî ha accentuato il lato malinconico del suo carattere. Riusciva a sorridere solo quando ricordava la sua non lunga esperienza di apprendista presso la bottega di Aristarco. Si prendeva bonariamente in giro, diceva che le Muse non avevano perso molto. Tuttavia era contento di quel suo tentativo perché, come amava ripetere, gli aveva fatto conoscere la bellezza. Diceva che il mondo può essere salvato soltanto dalla bellezza.

Ogni tanto mi faceva vedere il rotolo del papiro di Artemidoro, come lo chiamavano in casa. Stavamo a guardare insieme gli animali fantastici di Horo e i suoi studi anatomici. Diceva che la menade assomigliava a sua madre, e che io le assomigliavo. Questo mi dava un grande piacere.

È spirato serenamente nel sonno di un male sconosciuto e fulmineo.

Come sua unica figlia, mi sono occupata delle pratiche dell'imbalsamazione. Al momento di confezionare la maschera funebre, ho deciso che l'avrei dipinta io. L'inclinazione famigliare per la pittura è arrivata sino a me, anche se l'ho esercitata per mio gusto personale, e non ne ho mai fatto parte ad alcuno. Nessuno meglio di me poteva tracciare il ritratto di mio padre, quello che lo avrebbe accompagnato nel grande viaggio e ricordato ai vivi.

Ho pregato un vecchio artigiano che aveva servito fedelmente la famiglia di preparare la maschera in papiro e gesso. L'avrei poi dipinta io stessa.

Ho pensato che la cosa migliore era far accompagnare mio padre dal papiro che testimoniava delle sue ambizioni giovanili, che effigiava sua madre e portava con sé la storia d'una amicizia che cominciava con i viaggi d'un geografo. A me il papiro non sarebbe piú servito, a lui sí. Nel papiro c'era un pezzo importante della sua storia, e della storia della nostra famiglia. C'era un pezzo della storia di Alessandria, che poi è la storia di tanti uomini, è l'eterna storia degli uomini che sono stati e saranno.

Ho dato il papiro al vecchio artigiano e lui l'ha fatto a pezzi come se fosse un papiro qualsiasi, di quelli destinati al macero, ai servigi piú umili. Ha preparato la maschera. Io l'ho poi dipinta, ho restituito a mio padre i suoi occhi severi e malinconici, la piega un poco amara delle labbra, le tre rughe sulla fronte non alta. Gli ho fatto un pettorale dorato, con l'indicazione della sua rispettabile identità e del magistero di giudice che aveva esercitato con tanto scrupolo. Infine ho messo a custodire il suo sonno gli sciacalli neri di Anubi.

Il collezionista
(Treviri, ai giorni nostri)

Chiamatemi Hans, o Kurt, o Friedrich. Il mio nome non importa. Al massimo può essere interessante la tipologia in cui rientro. Sono entrato da qualche anno in quella che adesso si è soliti chiamare la terza età, ho capelli uniformemente bianchi, fisico asciutto grazie ad un'attività fisica moderata ma costante, una moglie colta e virtuosa come una matrona romana. Sono allietato da numerosi nipoti, i quali mi chiedono spesso di raccontare antiche storie. Conoscono la mia passione per l'età classica, greca prima ancora che romana, e sono solito portare a casa dai miei viaggi riproduzioni artistiche di buona qualità.

Vivo confortevolmente tra le colline di Treviri, in cui il giovane Karl Marx si dedicò ai primi esercizi giornalistici, rivendicando con vigore per il proletariato delle campagne il diritto di legnatico, fino ad allora proibito. Sarà forse per un omaggio a studi giovanili esercitati con passione (merito di un eccellente professore di storia del pensiero utopistico), che nelle mie passeggiate nei boschi sono solito raccogliere legnetti per un camino di cui non avrei propriamente bisogno, e che tuttavia accompagna fedelmente le letture invernali con il suo fuoco.

Mi chiedo da cosa nasca e che cosa significhi la passione di un collezionista per l'Egitto ellenistico. Si conoscono teste di marmo in cui la capacità di penetrazione psicologica raggiunge risultati struggenti; e statuette in terracotta colorata di un realismo altrettanto toccante, come la dama seduta, abbigliata con una lunga veste a righe che raccoglie elegantemente in grembo un mantello rosso e sembra l'epitome di un giardino. Al momento della chiusura, sono l'ultimo a uscire, nei musei di Parigi, Londra, del Cairo o di Torino. I custodi ormai mi conoscono, e posso dirli in qualche modo complici.

Tuttavia nulla mi attrae come le maschere funerarie in *papier-maché*, o su tavola, frutto di una tecnologia povera e sapiente al tempo stesso. Il mio interesse è nato durante il viaggio in Egitto che mi concessi sull'onda dell'euforia dei primi stipendi. Non pensavo che la pittura ellenistica, e sia pure una pittura di servizio, ancella delle necessità quotidiane, potesse raggiungere livelli di questa espressività. È una pittura moderna, nel senso che mira a raggiungere le profondità della psiche attraverso un linguaggio adeguato.

Le maschere vogliono dar conto della personalità del defunto, ricordarlo nelle sue emozioni piú vive, quelle che accompagnano per anni chi resta. Per questo racchiudono intere vite, come nel breve giro di un epigramma, e riescono a parlarci con vivezza oltre lo schermo dei millenni. I volti diventano voci che raccontano di sé, e chiamano e vogliono risposte. Sollecitano la pietà per un destino comune: il nostro troppo rapido passaggio sulla terra.

Colpisce il fatto che siano volti di giovani uomini e giovani donne, come se allora fosse impossibile giungere all'età matura o alla vecchiaia. La morte li ha falciati nel pieno degli anni, e la prima interrogazione che essi ci rivolgono è sull'ingiustizia che hanno patito. Sembra che la morte ellenistica non si sia data altro ufficio che stroncare giovani vite. Nei loro occhi si legge lo stupore d'essere stati colpiti a freddo, nel momento in cui il congedo era l'ultimo dei pensieri possibili. Ma anche stupore per la vita, per i suoi doni, per le dolcezze d'amore, per il grato sapore dei cibi, per la cara presenza di animali e piante. Per la gioia che procura una veste, un ornamento, un momento di festa.

I pittori che hanno dipinto le maschere sono dei profondi conoscitori dell'animo umano. Non hanno nome, si sono annullati e sublimati nel loro compito. Hanno dato ai trapassati una vita che nessuno potrà piú togliere loro, e lo hanno fatto sacrificandosi nell'anonimato. Sembra che dei trapassati sappiano tutto, che abbiano vissuto insieme a loro, che conoscano i moti segreti del loro animo, inclinazioni e passioni.

Eirene figlia di Silanos, con gli orecchini di perle e una coroncina di fiori bianchi – forse gelsomini – posata sui ricci, guarda il futuro che non le è stato dato con una fiducia appena velata da un presentimento; non è difficile immaginare quale tranquilla felicità notturna avrebbe dato al suo sposo. L'ignoto alessandrino dalle orecchie a sventola e dalla fronte troppo spaziosa, il naso lungo e triste, ha gli angoli della bocca voltati all'ingiú da una sofferenza forse ignota a lui stesso, e che tuttavia è sul punto di prorompere in pianto silenzioso. Forse non ha lottato, si è arreso troppo presto: ci sono destini scritti anch'essi precocemente. La ragazza di una tavoletta lignea proveniente da Al Fayyūm ha una bocca piccola e piena; sotto le sopracciglia folte si spalancano gli occhi tondi e attoniti di chi fa sempre fatica a capire. I due fratelli che arrivano anch'essi da Al Fayyūm, il naso appena schiacciato, il collo forte, esprimono solidità e determinazione. Hanno la stessa età, forse sono gemelli. Che cosa può averli spenti insieme? Un incidente di viaggio, un'epidemia, una rissa di taverna, una congiura annegata nel sangue? Hanno uno sguardo bruciante e corrucciato, in cui la coscienza della forza fisica è velata dallo sgomento dell'interrogazione. Ancora una volta: perché? Perché noi, perché adesso?

Le loro storie mi appartengono, mi sento legato a esse da una condivisione oscura ma forte, che è stata scritta da qualche parte. Proprio questo voleva la pietas dei parenti e quella non dissimile degli ignoti pittori. Da quando sono state fissate nelle maschere o nelle tavole, le loro vite ombrose hanno assunto un significato luminoso. Appartengono a molti. Si può desiderare di piú?

Nel nuovo e nell'antico regno d'Egitto la stilizzazione delle maschere e dei sarcofagi rende eguali gli illustri defunti. Non sono previsti i dettagli che ci possano dare conto della personalità d'ognuno. Quando si parla di regalità, il carattere non conta. I faraoni e i sacerdoti sono la loro funzione, le qualità e distinzioni a essa connesse, la vittoria in battaglia, la saggezza delle leggi, la pietas religiosa, magari la generosità verso i sudditi. Non altro. Li rende eguali il ripetersi sempre identico a se stesso di virtú poco credibili, che ricorrono puntualmente. Le vittorie sono sempre splendide, i vinti umiliati, la devozione verso le divinità esemplare. Gli stessi dèi ricambiano questi fedeli cosí devoti d'un amore troppo eguale a stesso per essere vero. Ammiriamo la finezza dell'esecuzione, la sapienza combinatoria delle decorazioni e dei simboli, i colori accesi che sfidano i millenni, quel tripudio cromatico di un mondo che sembra immaginato e dipinto da un bambino, e che in realtà è sfida all'angoscia e all'inconoscibilità del futuro, gridata in tutti i colori possibili. In confronto a quella egiziana, ogni altra civiltà è in bianco e nero.

L'ossessione egizia della vita ultraterrena ha bloccato il Tempo. Per migliaia di anni l'Egitto resta uguale a se stesso, o almeno cosí appare a noi, nel fatale schiacciamento della prospettiva che è la nostra. Nell'età ellenistica la vita riprende a scorrere, a fluire. Anche questo è un miracolo di Alessandro, della sua turbinosa energia, della sua voglia smodata e sacrilega di sfidare gli dèi in una nuova creazione molto migliore di quella originale.

Dopo Alessandro, le stilizzazioni degli antichi pittori, scultori e incisori dei faraoni hanno ceduto il posto alla definizione del carattere e del destino che è di ognuno. I borghesi che non potevano pretendere onoranze divine per i loro defunti hanno chiesto ai pittori non di ripetere le formule iconologiche fissate dalla tradizione, ma di restituire la vita nella sua intatta, struggente bellezza. È stato proprio il destino comune di questi uomini a preservarli dall'offesa d'essere fissati nelle formule stereotipe delle onoranze regie, che ricorrono monotone nei secoli.

Collezionisti e mercanti, ci conosciamo tutti. La passione comune fa di noi una setta segreta, coesa, estremamente riservata, molto professionale. Come cospiratori ci scambiamo notizie, fotografie, valutazioni. Avviamo caute trattative. Facciamo e rifacciamo i conti delle nostre disponibilità, aggiorniamo le strategie delle vendite e degli acquisti. Per un pezzo che ci sembra essenziale ne sacrifichiamo un altro che fino a ieri era oggetto del nostro amore esclusivo. Sappiamo che nulla può valere il lungo vagheggiamento di un oggetto, gli struggimenti che accompagnano ogni marcia d'avvicinamento, il desiderio del possesso che si alimenta di se medesimo. Le stesse difficoltà stimolano l'amore, e quanto piú sembrano insormontabili tanto piú ci spingono all'accanimento. Ci pensano poi i casi della vita a rimettere improvvisamente sul mercato pezzi che sembravano destinati a restare saldamente nelle mani dei loro proprietari. Non sempre i collezionisti hanno discendenti che coltivano le stesse passioni. Spesso l'ostinazione dei padri suona ai figli incomprensibile e fastidiosa. Frequente è il caso di collezioni disperse dagli eredi.

Gli amori dei collezionisti sono clandestini. L'amore spesso si compiace di esibirsi, di far sapere agli altri la propria speciale qualità, con il sottinteso che nulla e nessuno può rivaleggiare con esso. Noi coltiviamo nel segreto e nel silenzio le nostre voluttà. Gli sguardi degli altri ci possono riuscire fastidiosi come quelli di potenziali rapinatori. Conosco collezionisti che per godere liberamente dei loro tesori hanno attrezzato bunker di cui essi soltanto possiedono le chiavi: alcove in cui si consumano autentiche libidini, rese piú forti dalla consapevolezza un poco meschina dell'esclusività.

Collezionisti e mercanti hanno tutti una certa età. Il mondo d'oggi corre in un'altra direzione, crede di poter fare a meno della memoria, sia essa lunga o breve, della circolarità occulta e dei ritorni che presiedono all'evoluzione delle civiltà. I giovani imprenditori, finanzieri, professionisti, le categorie che per censo potrebbero coltivare le delizie del collezionismo, non conoscono altri fratelli che se stessi. Non hanno passioni profonde, forti e segrete, rese magari dolorose dalla sofferenza e dalla paura della perdita che si accompagnano all'amore vero. Hanno bisogno di simboli di stato, non di interrogazioni su se medesimi, e sul senso della loro folla corsa. Non hanno il tempo di fermarsi a dialogare con ombre assai piú solide di loro.

Sono grato alla mia famiglia d'avermi trasmesso un patrimonio e un gusto tale da consentirmi di vivere le impareggiabili emozioni che nascono dalla contemplazione degli oggetti in cui gli uomini hanno espresso la parte migliore di sé. Il ritorno sul mercato del segmento d'un fondo cospicuo che era arrivato dall'Egitto con gli inizi del Novecento, mi era stato annunciato dall'amico antiquario con la circospezione d'uso, in una telefonata d'auguri natalizi vagamente allusiva. Con lui mi sono calato nel caveau in cui custodisce i suoi tesori con l'esultanza furtiva che accompagna i predatori di tombe. Anche se la collezione comprendeva statuette, gioielli, oggetti dell'uso quotidiano, egli già sapeva del mio interesse prevalente per le maschere. Con infinita cautela, aiutato da un'assistente neolaureata, dal caschetto nero alla Louise Brooks, ha tratto l'involto dagli imballaggi, lo ha disposto su un largo tavolo coperto da un panno verde, e l'ha dipanato con mani di chirurgo.

Quando l'ultimo velo è caduto, mi si è fermato il respiro, anche se ho cercato di dissimulare l'emozione, e anzi ho finto distacco, come se la rivelazione fosse inferiore alle attese.

L'uomo mi guardava. Da una lontananza di duemila anni, i suoi malinconici occhi bruni, quasi privi di ciglia, si sono fissati nei miei con una concentrazione malinconica. Le labbra erano strette, quasi serrate in un broncio; tre rughe incidevano la fronte non troppo alta. Una fascia gli stringeva i capelli ondulati, allineati in bande sottili voltate all'indietro. Dalle spalle gli pendeva una sorta di stola adorna di motivi geometrici e chiusa al fondo da due cani neri, accucciati e simmetrici: gli sciacalli di Anubi. Sul petto un'iscrizione in caratteri egizi e greci dava conto delle sue generalità e dei meriti che aveva accumulato in vita.

L'uomo era probabilmente un funzionario greco o romano, magari frutto delle infinite commistioni consumate in Alessandria come in una serra troppo calda, che aveva fatto suoi gli usi degli Egizi, e al modo egizio aveva voluto essere sepolto. Gli scoprii subito una vaga rassomiglianza con mio nonno, cosí come lo conoscevo attraverso una sua fotografia da giovane che conservavamo in salotto, sopra il pianoforte, racchiusa in una cornice d'argento di particolare pregio, proveniente, si diceva con un certo orgoglio, dalle botteghe artigiane della Secessione viennese.

Il nonno, colletto duro, cravatta nera appena svolazzante, feltro grigio in testa (doveva essere inverno), era stato sorpreso sullo sfondo del Partenone, con un piccolo corteggio di compagni di viaggio del suo stesso ceto e di guide locali dalle bianche tuniche. Sembrava un poco accorato, come l'uomo della maschera, come se quello che aveva appena visto esorbitasse le sue capacità di comprensione. Come se la Bellezza avesse lasciato per sempre il mondo con l'età di Pericle, e lui non potesse rassegnarsene.

La trattativa è stata lunga, vi abbiamo profuso gli accorgimenti, i finti attacchi e le false ritirate che si usano in questi casi. Alla fine ci siamo accordati per una cifra piuttosto elevata, che mi ha procurato non pochi sensi di colpa, ma alla quale sono stato incoraggiato dalla mia comprensiva consorte.

Il funzionario greco o romano è stato ospitato al centro del mio studio, in un apposito mobile dalle ante di cristallo, cui la moderna tecnologia, dopo accurati studi, ha assicurato le condizioni ideali per la conservazione. Cosí ha potuto offrirsi alla contemplazione e al dialogo a ogni ora del giorno; le pallide, fredde luci al quarzo lo rendevano ancora piú severo. Pensavo al contrasto tra la luce d'Egitto e quella parsimoniosa delle nostre latitudini, striata dei grigi e degli azzurri dell'incenso, come negli inverni ritratti da Brueghel non molto lontano di qui.

Dalle sabbie ai ghiacci. Talvolta mi sentivo colpevole d'aver usato violenza ai sonni dell'uomo. Mia moglie, messa a parte di questi turbamenti, diceva che le cose appartengono a chi le sa apprezzare, e che la devozione della nostra famiglia era certamente migliore dell'oscuro destino ipogeo che era stato suo per due millenni. Eravamo noi, oggi, la sua vera famiglia.

Nulla è piú invisibile delle cose che abbiamo sotto gli occhi. I segni puntinati che affioravano ai lati del volto pallido dell'uomo erano facilmente riscontrabili sin dal mio primo emozionato incontro con la maschera, ma non vi avevo fatto caso. Non mette conto elencare qui le spiegazioni che mi ero dato, tutte vaghe e inoppugnabili. Mi ero concentrato sul triste magnetismo degli occhi. L'immediatezza del dialogo che ne era scaturito, le molte cose che avevamo da dirci escludevano ogni altra riflessione.

Con gli anni, la mia attenzione si è concentrata sulle strane eruzioni. Erano segni di scrittura, con ogni evidenza. Sapevo che papiri e altri materiali per cosí dire cartacei, di scarto, venivano pressati e utilizzati come supporto per stendervi lo strato di gesso che, opportunamente imbibito d'acqua, avrebbe consentito la modellazione, e poi la pittura.

Sapevo che fin dagli inizi del Novecento lo smontaggio delle maschere aveva consentito il ricupero di molti papiri e la loro decifrazione. L'astuzia della Storia, ammesso che ne esista una, ricorreva agli usi funerari per fare arrivare fino a noi materiali che altrimenti sarebbero finiti dispersi, danneggiati o distrutti: dalle acque e dall'umidità del delta del Nilo, come dal fuoco e da altri accidenti nelle regioni piú secche. La morte portava con sé la vita. Come un tarlo o un qualsiasi parassita, si era annidata nelle imbarcazioni con cui i trapassati, secondo il pensiero egizio, affrontavano il viaggio ultraterreno; e con quell'espediente degno di Odisseo era arrivata fino a noi.

Come il cavallo di Troia, anche la mia maschera (mai mi era capitato di usare il possessivo con maggior forza) portava dunque papiri sotto lo strato di gesso e di colore. Ma i suoi doni erano veri, non fraudolenti. La scrittura compressa rivendicava con insistenza i suoi diritti. Voleva tornare alla luce, trasmettere i messaggi che portava con sé. Prendere una rivincita sulla pittura, sulla facilità con cui le immagini arrivano direttamente al nostro cuore e facilmente lo conquistano, evitando il difficile percorso di decodificazione e ricodificazione che è proprio della parola. Invano mi ripetevo che non c'è opposizione tra pittura e scrittura, tra immagine e parola, come non c'è tra parola e musica.

La scrittura chiedeva d'essere liberata. A lungo ho fantasticato su quale potesse essere il contenuto dei papiri che l'artigiano alessandrino della seconda metà del I secolo dopo Cristo aveva utilizzato, pescandoli a caso dalla cesta del macero. Molto probabilmente pratiche amministrative, elenchi, contabilità, petizioni, inventari e quant'altro ci ha permesso di penetrare nelle minute pratiche di vita dei popoli antichi. Anche se cercavo di tacerlo a me stesso, sapevo di non poter scartare l'eventualità che qualche testo letterario o scientifico avesse affrontato il viaggio nel tempo sul quel vascello di *papier-maché*, cosí fragile e cosí sicuro.

L'elenco di quello che ci è pervenuto dall'antichità è infinitamente piú breve di quello che si è perduto. Anch'io, come tanti, ho sentito l'incendio (gli incendi) della biblioteca d'Alessandria come una catastrofe che riguardava l'oggi, al pari delle sciagure di cui ogni giorno ci dobbiamo far carico. Le perdite e le lacune hanno obbligato gli studiosi ad arditi volteggi, ad acrobazie di induzioni e ipotesi. Hanno dovuto inventare una rete su cui disporre i pochi resti in loro possesso e attraverso quelli ricostruire tutto intero il disegno del puzzle. Ho sempre ammirato gli archeologi che da pochi cocci riescono a ricostruire tutta intera la forma dell'anfora, addirittura le pitture che l'adornavano, uomini, dèi, cavalli.

La curiosità s'è fatta sempre piú forte, e mi riusciva difficile contrastarla. Invano affermavo a me stesso la fedeltà all'immagine che mi era tanto cara. L'idea di doverla distruggere o quanto meno alterare mi procurava la pena che accompagna un'esecuzione capitale. Il volto che tanto a lungo avevo contemplato era diventato piú vero del defunto di cui era una rappresentazione e *mimesis*. Sull'uomo che era stato, sulla sua breve esistenza, aveva tutti i vantaggi della nuova vita che gli era stata data: questa sí, davvero eterna, per quanto possono essere eterne le cose.

I cauti accenni, le informazioni che assumevo dagli studiosi, consultati in nome di un generico interesse culturale non facevano che rinfocolare dubbi e tormenti. L'uomo era diventato ormai piú che un parente. Quella che si celebrava ogni volta che entravo nello studio era un'agnizione, e ne ero consapevole. Adesso l'idea di dover sacrificare il fratello che mi aveva raggiunto dopo un viaggio cosí lungo mi riusciva insopportabile. Mi dicevo che altre scoperte avrebbero colmato le lacune con cui si misurano gli studiosi, anche senza il mio apporto. Il giustificato e giustificabile egoismo del privato si scontrava con il presunto bene della collettività, cui sovrintendeva l'autorevolezza scientifica degli specialisti.

Ancora una volta, è stata mia moglie a risolvere il dilemma, dicendo semplicemente: lui è di tutti, dev'essere di tutti. Non intendeva colpevolizzare il collezionista che tiene tutti per sé i propri tesori, ma aiutarlo a scegliere. Per essere piú esatti, disse: lei è di tutti.

Anche se la mascolinità dell'uomo era evidente (il pittore era riuscito ad attribuire alle sue guance perfino un'ombra di barba mal rasata o appena cresciuta, la peluria del giorno dopo), intendeva dire che vedeva in quell'essere una madre portatrice di una vita interiore in divenire. I papiri compressi sotto la maschera erano appunto i figli che, giunto a scadenza il tempo della vita fetale, chiedono di venire alla luce.

L'abbracciai. La decisione era presa.

Non riporterò qui la descrizione delle pratiche dello smontaggio della maschera. Pur condotte con ogni possibile precauzione e accorgimento, esse mi parevano quelle crudeli dell'autopsia. L'incanto del volto spariva, affiorava la banale confusione degli organi interni che il buon gusto dell'epidermide è solito celare alla vista. Questa volta non si offriva alla vista il viluppo rosaceo e sanguigno delle interiora, la loro viscidità ambigua e ripugnante. Affiorava una miriade di pezzetti, di bruscoli cartacei, ognuno con le formiche delle lettere. Un formicaio scoperchiato, i cui abitanti, sorpresi dagli attrezzi del profanatore, correvano all'impazzata, senza sapersi dare una direzione, senza sapere obbedire a una qualche procedura d'emergenza. Ora che l'assassinio era avvenuto, ne percepivo tutta l'inutilità. Avevo ucciso per niente. Nessuno avrebbe mai potuto trarre un ordine ragionevole da quell'insieme di lettere greche che si scontravano nell'urgenza della fuga, verso una salvezza impossibile.

Sono entrato in contatto con due autorevoli papirologi. Ho consegnato loro i pezzi del misfatto per un esame preliminare. La loro necroscopia è stata pubblicata su una rivista scientifica. Quel che a me sembrava semplice caos irredimibile nelle loro mani è diventato cosmos ordinato. I pezzi che le mani ignote di un artigiano avevano lacerato, sotto altre mani sono stati riportati a qualcosa che ricostruisce l'unità originaria. Il testo letterario o scientifico, o tutti e due, esisteva davvero, non soltanto nei miei sogni o nelle mie paure. Era l'incipit del secondo capitolo della *Geografia* di Artemidoro di Efeso, altrimenti andata perduta. Lo accompagnavano altri prodigi: una mappa della Betica che doveva fungere da illustrazione al testo, e disegni di mani diverse, gli uni dedicati a una zoologia reale e fantastica di notevole finezza stilistica, gli altri a studi anatomici di un aspirante artista. Il trattato di geografia era diventato un album da disegno. Pittura e scrittura, come ho sempre pensato, sono complementari.

Ho appreso che la storia del papiro attraversa piú secoli, a cavallo della nascita di Cristo, tra la fine della Roma repubblicana e dell'Egitto dei Tolomei, la morte di Cleopatra, l'avvento di Ottaviano Augusto e dell'Impero. Ricomposto e decodificato con l'ausilio delle tecniche piú avanzate, andrà per il mondo. Lo attendono mostre e musei.

Tornerò a rivederlo come un qualsiasi turista. Ritroverò la gentile complicità dei custodi dei musei, abituati alle lunghe soste del visitatore sempre ultimo a lasciare le sale all'ora della chiusura.

La maschera funeraria è tornata al suo posto nel mio studio, dopo il trattamento subito, e una *restitutio* tanto coraggiosa quanto abile. Altri materiali moderni fanno da riempitivo e sostengono il velo della pittura. Ha un'altra espressione, come spesso accade ai volti che hanno affrontato il bisturi del lifting; tuttavia gli occhi sono gli stessi e mi guardano senza rancore.

– La nostra famiglia si è molto allargata – ha detto

una sera mia moglie, sorridendo. – Ho sempre amato le famiglie numerose.

I nostri nipoti sono incantati dalla storia del papiro di Artemidoro. Se la fanno ripetere ogni domenica pomeriggio, dopo il grande pranzo che riunisce la famiglia, mentre i loro padri guardano la partita di calcio alla televisione.

Nota dell'autore

Qualunque cosa si faccia, si ricostruisce sempre il monumento a modo proprio; ma è già molto adoperare pietre autentiche.

MARGUERITE YOURCENAR.

Questo romanzo propone una libera reinvenzione narrativa di fatti veri, che ruotano intorno all'avventuroso ricupero di quello che viene comunemente chiamato «il papiro di Artemidoro».

La storia ha inizio intorno alla metà degli anni novanta del secolo scorso, quando in una ristretta cerchia di papirologi e studiosi d'arte antica prende a circolare la notizia che un ignoto collezionista tedesco possedeva un papiro di eccezionale interesse.

Si trattava per l'esattezza d'una serie di duecento frammenti d'un antico rotolo risalente al I secolo a.C., che ospitava l'incipit del secondo capitolo d'un'opera andata perduta, la *Geografia* di Artemidoro di Efeso, che aveva come oggetto l'Iberia, qui nominata per la prima volta anche come Hispania, al modo latino. Il testo, disposto su cinque colonne (150 righe complete e una quarantina guastate ma ricostruite dal restauro) era accompagnato da una cartina che occupava l'intero spazio del rotolo (alto una trentina di centimetri e di buona qualità), e riproduceva verosimilmente la Betica o Turdetania, la regione meridionale della penisola iberica che corrisponde all'odierna Andalusia.

Non soltanto. Le due facce del rotolo ospitavano, inframmezzate al testo o accanto a esso, una serie di disegni di animali veri e immaginari, ognuno con la didascalia che ne precisava la natura, e di studi anatomici, che riproducevano teste, mani e piedi, come in un album da disegno.

Non meno sorprendenti erano le vicende che avevano portato il rotolo fino a noi. Venuta meno la sua utilità pratica, negli ultimi decenni del I secolo d.C. il papiro era finito in un coacervo di altri rotoli dismessi, che ospitavano vari documenti amministrativi e burocratici scritti sotto Nerone, Vespasiano e Domiziano. Secondo l'uso del tempo, quei materiali di scarico che oggi chiameremmo carta da macero, fatti a pezzi servivano per la costruzione del supporto cartonato, la cartapesta trattata con colla e gesso, che costituiva la base di maschere funerarie senza troppe pretese. Le maschere erano destinate a un'utenza che oggi potremmo chiamare piccola borghesia, e che non era in grado di permettersi quei simboli di stato che sono le costose sepolture di re e sacerdoti, con sarcofaghi in pietra e legno, quali noi le conosciamo. Confesso al lettore che lo statuto di libertà di cui gode il romanzo mi ha spinto ad abbellire sensibilmente la maschera, sino a farne un ritratto realistico, assai vicino a quelli rinvenuti presso Al Fayyūm in epoca successiva. In realtà essa era piuttosto stereotipata, simile ad altre che ci sono giunte dall'antico Egitto.

Nella nuova veste di semplice materiale di supporto il rotolo ha attraversato diciannove secoli per arrivare fino a noi. Dopo il lungo soggiorno in qualche ipogeo, agli inizi del Novecento il manufatto era stato regolarmente venduto in Europa. Passato per varie mani, è giunto al collezionista tedesco che negli ultimi mesi del 1998 lo ha sottoposto all'esame di due autorevoli specialisti, Claudio Gallazzi, titolare della cattedra di Papirologia presso l'Università di Milano, e la professoressa Bärbel Kramer, dell'Università di Treviri. Un loro articolo sommariamente descrittivo, pubblicato nel 1999 sul numero 44 della rivista scientifica «Archiv für Papyrusforschung», ha suscitato ovunque un enorme interesse, ben oltre il solo ambito scientifico.

Nell'estate del 2004 il papiro veniva acquistato dalla Fondazione per l'Arte della Compagnia di San Paolo, e trasferito presso il Laboratorio di Papirologia dell'Università di Milano dove Gallazzi, con l'ausilio delle tecnologie piú avanzate, completava il restauro e il lavoro di edizione, in stretta collaborazione con Salvatore Settis e Gianfranco Adornato. Destinato al Museo Egizio di Torino con la formula del comodato gratuito, il papiro di Artemidoro è al centro della mostra *Le tre vite del papiro di Artemidoro. Voci e sguardi dall'Egitto greco-romano*, a cura di Claudio Gallazzi e Salvatore Settis, ospitata al Palazzo Bricherasio di Torino dall'8 febbraio al 7 maggio 2006. Per ulteriori approfondimenti rimando al catalogo della mostra (Electa, Milano 2006).

La dichiarazione d'intenti con cui Artemidoro apre la sua trattazione ha un tono solenne. L'autore rivendica la dignità del lavoro del geografo, il cui rigore intellettuale richiede un impegno almeno pari a quello della filosofia; e mette in luce le difficoltà d'una disciplina che impone lunghe e meticolose misurazioni.

Le due colonne successive ospitano la trattazione vera e propria. Si inizia segnalando che quella terra, chiamata indifferentemente Iberia o Hispania, è divisa in due province amministrative sotto l'autorità di Roma. La prima s'estende dai Monti Pirenei, che dividono la Gallia dall'Iberia, fino a Nea Karchedon (l'attuale Cartagena) e alle fonti del Betis (il Guadalquivir); la seconda comprende il territorio fino a Gadeira (l'odierna Cadice) e tutta la Lusitania, l'attuale Portogallo. Artemidoro delimita altresí le coste iberiche con il tratto orientale, che va appunto dai Pirenei a Gadeira, e quello occidentale, che oltre le colonne d'Ercole e il Promontorio Sacro (l'odierno Cabo São Vicente) volge a settentrione in corrispondenza della Lusitania. Segue l'indicazione in stadi (lo stadio greco vale 177 metri) delle distanze che separano le piú importanti città costiere, dal promontorio di Afrodite Pirenaica (l'attuale Cap Béar) a Gadeira, dalla foce del Tago a quella del Douro, sino a Megas Limen, cioè La Coruña, in Galizia. «La restante parte della costa – conclude Artemidoro – nessuno mai la vide».

Il testo risulta copiato con mano sciolta, ma senza troppa cura, e mostra analogie con altri testi risalenti all'età di Cleopatra o alla fase iniziale del regno di Augusto. Il rotolo aveva tuttavia le ambizioni d'una edizione di pregio costituito principalmente dall'inserimento delle cartine, prassi all'epoca non comune. Come tale, il *volumen* è un esempio, per noi doppiamente prezioso in quanto rarissimo, di libro illustrato. Di piú: se scarsissimi sono i resti di cartografia greco-romana, la cartina dell'Iberia meridionale è la sola mappa di tutta l'antichità classica che ci sia giunta nel contesto d'un manoscritto.

Per una qualche misteriosa ragione (probabilmente l'inserimento della cartina sbagliata, quella della Betica al posto di quella della Spagna pirenaica), la copiatura del testo e l'inserimento delle cartine furono interrotti. Il papiro, utilizzato in minima parte, si rendeva cosí disponibile per altri usi, come album da disegno per schizzi ed esercizi, da parte di artisti o apprendisti d'una qualche bottega di Alessandria, magari contigua alla copisteria.

Il primo riuso può cadere tra il 50 e il 30 a.C. che segnò, con la morte di Cleopatra, la fine della dinastia tolemaica e l'ingresso dell'Egitto sotto la diretta dominazione romana. Il papiro fu ricuperato e utilizzato sul verso, che era rimasto in bianco, da un ignoto pittore che vi ha disegnato con mano esperta una serie di animali veri (la giraffa, il fenicottero, la tigre, forse uno struzzo), immaginari (il pesce sega, il pesce martello) e mitici, come la fenice o il quadrupede alato chiamato *myrmex*, per un totale d'una quarantina di bestie. È probabile che questi disegni fossero anche utilizzati come repertorio di figure da riprodurre ingrandite su pareti o pavimenti, in dipinti e mosaici; o da mostrare come campionario a possibili clienti, visto il favore di cui godeva il genere degli animali esotici e fantastici, che l'immaginario collettivo poneva ai confini del mondo con le loro singolari abitudini e le lotte feroci che li dividevano.

Il papiro fu utilizzato una seconda volta in età imperiale, nella seconda metà del I secolo d.C., perché presentava altri spazi disegnabili, sia sul *recto* (quelli destinati all'inserimento delle cartine) che sull'*agraphon*, cioè lo spazio d'apertura che ospitava le indicazioni utili al lettore, qualcosa tra il frontespizio, la scheda bibliografica e il «risvolto» editoriale. I giovani di bottega potevano dunque approfittare dei «bianchi» rimasti a disposizione per eseguire prove di particolari anatomici (teste, mani, piedi) copiati da modelli scultorei in gesso (molto diversi tra loro, e risalenti a un periodo che va dal 350 a.C. alla prima età imperiale romana), che dovevano avere sott'occhio. Il papiro si è cosí ulteriormente arricchito di sei teste, sette piedi e nove mani, in varie posizioni, che documentano per la prima volta il disegno da sculture come pratica abituale della pittura antica. Probabilmente non sono tutti della stessa mano, né hanno lo stesso grado di finitura, anche se sperimentano tecniche simili. Nella trasposizione romanzesca li ho invece attribuiti per semplicità a un medesimo autore.

Poco si sa di Artemidoro di Efeso, spesso confuso con l'omonimo che nel II secolo d.C. avrebbe scritto il fortunato *Repertorio critico dei sogni*. Il perno su cui ruotano le nostre conoscenze è un verbo, quel *floruit*, «fiorí», di cui parla un erudito del IV-V secolo d.C., Marciano di Eraclea, situando il momento di massima creatività di Artemidoro intorno alla 169ª Olimpiade, cioè il 104-101 a.C. Altre notizie ci giungono dalle citazioni di autori a lui posteriori, e in particolare da Strabone, attivo pochi decenni dopo, che lo utilizza per la sua *Geografia*, in particolare per quanto riguarda appunto l'Iberia, che non aveva potuto visitare di persona.

Formatosi nel vivace ambiente intellettuale di Efeso, passata da poco (133 a.C.) sotto il governo romano e assunta a capitale della provincia d'Asia, Artemidoro assommava in sé svariati interessi geografici, etnografici e scientifici, nel solco delle ricerche astronomiche e matematiche che proprio ad Alessandria avevano il loro centro piú avanzato. Sappiamo che fu autore di *Commentari Ionici*, parimenti andati perduti, e che Efeso gli aveva affidato una delicata missione diplomatica legata a una disputa sui proventi dei dazi della pesca, destinati al sostentamento del tempio di Artemide, una delle meraviglie dell'antichità, meta dei pellegrinaggi dei devoti d'Asia e di Grecia. Andato distrutto da un incendio probabilmente doloso nel 356 a.C., il tempio era stato ricostruito in forme ancora piú splendide. Si dice che Alessandro volesse contribuire personalmente alle spese, e che l'offerta sia stata cortesemente declinata dagli efesini, con la motivazione che gli dèi non potevano accogliere i doni d'un altro dio. Come che sia, la locale corporazione dei pubblicani s'era impadronita di quei diritti di pesca, e la controversia che ne era seguita fu risolta a favore del tempio proprio grazie all'ambasceria di cui Artemidoro era stato incaricato a Roma. Come ringraziamento per il brillante esito della missione, i sacerdoti decisero di erigere al loro avvocato una statua dorata.

Ad Alessandria Artemidoro poté assimilare il patrimonio di conoscenze che la Biblioteca custodiva, familiarizzandosi con le opere di Ecateo, Pitea di Marsiglia, Eratostene di Cirene, Polibio di

Megalopoli, Agatarchide di Cnido, che aveva scritto estesamente su Asia, Europa, il Mar Rosso, l'Etiopia. L'accuratezza delle sue misurazioni rappresenta forse la principale delle sue benemerenze. Plinio il Vecchio ci informa che il calcolo della lunghezza del mondo condotto da Artemidoro conferma quello già proposto da Eratostene. Meno attendibile sembrerebbe invece il geografo efesino, e Strabone non gli risparmia critiche, quando riporta spiegazioni piuttosto fantasiose di fenomeni naturali, come le maree o il tramonto del sole al largo delle coste portoghesi; o ancora accoglie immaginosi dettagli spaventevoli dei costumi dei barbari. Resta il fatto che i suoi peripli del Mare Interno erano considerati tra i piú affidabili, e come tali largamente utilizzati da quanti avevano necessità di navigare.

Altrettanto scarse sono le conoscenze «interne» che abbiamo della pratica quotidiana delle botteghe d'arte del periodo, che Salvatore Settis indaga nel bellissimo saggio *Il papiro di Artemidoro: un libro di bottega e la storia dell'arte classica*, compreso nel volume citato. Il papiro ci offre infatti la prova dell'esistenza di quei «disegni di progetto» che precedevano l'esecuzione di opere pittoriche, musive o di tessuti, e che dovevano costituire una pratica corrente, come Settis dimostra organizzando con straordinario acume le scarse prove documentarie in nostro possesso.

Scrive Settis a conclusione della sua indagine: «Questo libro di bottega (l'unico di tutta l'antichità classica che ci sia giunto finora) ci consente di gettare uno sguardo piú a fondo entro pratiche e consuetudini artistiche che le fonti documentano in minima parte; ci impone di rivedere e di riorganizzare tutto il materiale confrontabile. Ci suggerisce, infine, di osservare analiticamente l'arte antica nel suo *farsi*, attraverso le procedure di apprendistato e formazione degli artisti; concentrando lo sguardo, con l'aiuto dei disegni ma anche con una piú attenta indagine archeologica dei monumenti conservati e di ciò che raccontano (...) sulle fasi preparatorie e intermedie fra la prima idea e l'esecuzione finale. Ci impone di riflettere ancora, attraverso le pratiche e le tecniche di bottega, su un eterno problema della storia dell'arte: il sempre mutevole equilibrio fra formularità del repertorio e libertà dell'invenzione, fra tema e stile».

Fin qui i dati oggettivi. All'autore è rimasto il piacere di dar voce ai protagonisti veri e immaginari di un'avventura cosí complessa e rivelatrice, inscritta in un'epoca di straordinario interesse, qual è quella dell'Egitto ellenistico negli ultimi decenni della sua vita. È allora che si combinano in una mescolanza suggestiva le memorie millenarie dell'età dei Faraoni, il ricordo favoloso di Alessandro che fonda all'estremità del ramo canopico del Nilo la sua città ideale, le ambizioni dei Tolomei, le scoperte scientifiche e la conservazione dell'eredità classica da loro favorite con l'apertura della leggendaria Biblioteca e del Mouseion, «il tempio delle Muse» destinato ad accogliere filosofi e scienziati come in un moderno centro di ricerca avanzata; e ancora, la febbre dei viaggi e delle scoperte che allarga sensibilmente i confini del mondo conosciuto, l'affermarsi prepotente della potenza romana che sostituisce alle interminabili lotte tribali dei barbari il civile modello organizzativo d'uno Stato multietnico, insieme fortemente centralizzato e abbastanza flessibile da rispondere alle esigenze locali.

Nell'invenzione dei personaggi, da Artemidoro al copista, dal pittore all'aspirante scultore, ho cercato di dare spazio agli aspetti minuti della vita quotidiana e della mentalità collettiva. Totalmente inventato, inutile dire, è il collezionista dei nostri giorni, del quale non intendo violare il riserbo.

Mi riterrò soddisfatto se le «pietre autentiche» della narrazione, di cui parla la Yourcenar nelle sue ineguagliabili *Memorie di Adriano*, avvicineranno all'età alessandrina e ai suoi protagonisti qualche nuovo lettore.

Desidero esprimere la piú viva gratitudine a Carlo Callieri, presidente della Fondazione per l'Arte della Compagnia di San Paolo, e a Dario Disegni, segretario generale della Fondazione, che mi hanno commissionato questo libro in occasione della mostra di Palazzo Bricherasio, coinvolgendomi nella vecchia e nuova vita del papiro di Artemidoro, e nel fascinoso clima culturale dell'Alessandria greco-romana. Pubblicato in abbinamento con «La Stampa» in Piemonte e Liguria, grazie alla loro liberalità il libro può conoscere una nuova e piú ampia diffusione nazionale.

Sono altresí grato a Claudio Gallazzi, al quale rinnovo qui la mia ammirazione per il suo magistero, delle notizie che tanto cortesemente mi ha fornito; e a Silvia Einaudi per il prezioso materiale bibliografico e le puntuali osservazioni.

Mia moglie Carla è stata come sempre il primo e piú acuto dei miei lettori, l'indispensabile filtro critico.

Indice

Stampato per conto della Casa editrice Einaudi
presso Mondadori Printing S.p.a., Stabilimento N.S.M., Cles (Trento)
nel mese di marzo 2006

C.L. 18368

Edizione								Anno			
0	1	2	3	4	5	6		2006	2007	2008	2009